黃碧端談文學

黃碧端 著

自序

這本書裡的文字，前四輯收自我在聯合報副刊所寫的「半月文學史」專欄，多數完成於二〇〇六年年底前。我當時人在台南藝術大學校長任上，南藝大位於烏山頭，發表時用了「山間行草」筆名，調侃自己每日山間出沒、紙上行草。

寫了一陣子，還頗有些人跟報社打聽這沒聽說的怪名字到底是何許人。這系列的最後一篇遲至去年最後一天才發表，是紀念二〇一二年狄更斯(Charles Dickens)的兩百周年誕辰的文字。輯五則是一些時間較早的散篇文學隨筆。不管時間是遠是近，對文學來說，作者、論者、讀者的對話，永遠是進行式：寶玉讀莊子，彷彿跟兩千年前的古人對話，我們今天讀《紅樓》，又使三百年前雪芹先生解讀的莊子如在眼前，相與論道。——少有文明長河裡的事物，能像文學經典這樣，歷久如新，且隨著時間不斷衍生再新讀的可能。

這些文字也使我在每一個書寫的時刻回溫自己的「文學青少年」和「文學中年」歲月。誠然，書的閱讀如今已被無數不同形態的耳目之娛和訊息來源所取代；這個時代，知識「分眾」形成、「大眾」退位，人際也漸無共同語言的對話空間。然而我總固執地相信，來自好的文學作品的影響，是人的提升的最關鍵力量——因而也是一個社會提升的最關鍵力量。孔夫子的話：不學詩無以言。我們這個社會，言語的沉淪和價值的紛亂，部分正源於好文學不復能為我們的人格奠基、言語增華。這冊小書，如果說有什麼期待，是期待它提醒可能的讀者或他們的父母師長，不要忘了文學使一個人成長的力量。

「半月文學史」專欄各篇多數曾收在「天下文化」版的《月光下•文學的海》，部份則發表後尚不曾付梓。謝謝聯經出版公司的林載爵發行人慷慨相邀，使「半月」諸篇能團聚成冊。也謝謝聯經的胡金倫先生和邱靖絨小姐在編校過程中的費心；本來答應的是去年初將文稿整理就緒付梓，結果拖宕了一年多，真要向三位深深致歉。載爵先生美意，讓這本書成為聯經「談」系列的一冊，作者的名字和照片因此都大大地放在封面上。我手邊有聯經版的《黃崑巖談教養》、《漢寶德談美》，知道依例如此。黃教授和漢教授是我多年熟識的前輩，兩位都不但對所談的內容是權威，還兼儀容儒雅，十分上相。我的小書和他們一體並「例」，榮寵之外其實也覺惶恐。

回頭也要認真謝謝許多過去刊登這些文字的編者，尤其是聯副從瘂弦到陳義芝到鄭瑜雯幾位主編，催生了當中最大部份的文字，是他們的叮嚀抬愛，使一個懶散的作者交出了一點成果。

臨出書，更要跟我的母親說謝謝。感謝她在我什麼書都抓著就讀的成長期，從沒意識到要區分什麼課內書課外書。我的少年歲月，生活雖不能免於那個年代的困蹇，精神卻因此而不貧乏。在母親已九十高齡的此時，她最單純的惦記牽掛，依然給了子女生命中安穩的力量。

二〇一三・八・九於台北

目次

輯二　筆與寫者　59

輯三　作品的華麗切片　101

輯四　作品背後的人　149

輯五　筆的餘音　205

輯一

筆與時代

「如果我想得到一束花……」

——喬治桑兩百年生辰

今天的許多女性主義擁護者，雖然活在一個遠為開放寬容的世界，卻未必有一百多年前的喬治桑昂揚獨立的意志……

「我不求取任何人的支持，不管是替我去殺人，還是為我採一束花，還是幫我校對一篇稿子，還是陪我去劇場看戲。如果想看戲，我就像一個男人一樣自己走去；如果想得到一束花，我用自己的腳爬上阿爾卑斯山去摘！」

這是一百多年前法國小說家，也是女權運動先驅，喬治桑（George Sand, 1804-1876）的話。今年（二〇〇四年）七月五日是她的兩百周年生辰。

女權運動在喬治桑身後已經又前進了一個多世紀，但我們今天聽她這段話，恐怕仍有如聞驚雷的感覺。今天的許多女性主義擁護者，雖然活在一個遠為開放寬容的世界，卻未必有一百多年前的喬治桑昂揚獨立的意志。也就難怪和她同代的英國女詩人勃朗寧夫人（Elizabeth Barrett Browning, 1806-1861）當時已在一首題為〈給喬治桑：一個期盼〉（"To George Sand: A Desire"）的詩裡，預言她將有「無瑕的名聲」（a stainless fame），超越諸多詬責，「上與天使同列」。

1837年畫家Auguste Charpentier所繪的喬治桑畫像。

勃朗寧夫人隔著英法海峽發表這首詩的時候，喬治桑四十歲。四十歲的喬治桑，已經經歷了不尋常的前半生：十七歲時，叛逆的喬治桑嫁給了一個男爵，九年之後，她帶了跟他所生的兩個孩子離家出走巴黎。在巴黎喬治桑一度和小說家桑多（Jules Sandeau）同居，之後和詩人繆賽（Alfred de Musset）共譜了一段激情的戀曲（這段戀情一九九九年曾拍成電影，由法國知名女星茱麗葉畢諾許飾演喬治桑）。當然更為世人熟知的是她和鋼琴家蕭邦長達十年的情史。四十歲的喬治桑，這時是在和蕭邦的感情走近尾聲的時候。

到巴黎之初喬治桑開始用筆名為著名的《費加洛報》及其他雜誌寫文章。「喬治桑」這個的筆名中的「桑」姓，靈感便來自Sandeau名字的前半截。至於取「喬治」這個男人名字，則和她這時也開始著男裝抽雪茄騎馬一樣，是拒絕社會習俗和規範加諸女性限制的表白。在十八世紀的法國，這樣行為自然是驚世駭俗，引來各種詬罵。

然而巴黎展開了喬治桑精采的人生。

一八三二年，喬治桑二十八歲，出版了她的第一本小說*Indiana*，大獲成功。此後她的著作源源不斷。終其一生，喬治桑在法國受歡迎的程度常被拿來和同時代英國的狄更斯相媲，但喬治桑作品更多。一直到七十二歲過世，喬治桑出版了七十餘部小說，二十四個劇本，大量有關政治社會的評述，書信集更達二十五卷，收了將近四萬封豐富多彩的書簡。文學史家一般把她的寫作生涯分為三個時期：第一個時期寫的多是對抗社會偏見的愛情小說，充滿激情和理想；第二個時期受到法國共和失敗的衝擊，身為共和擁護者的喬治桑發表了許多犀

六十歲的喬治桑，Nadar攝於1864年。

利的政治評論，還創辦過一份短命的報紙*La Cause du Peuple*鼓吹革命。革命失敗，拿破崙三世於一八五二年稱帝，喬治桑失望之餘決定脫離凡囂，隱居法國中部的諾昂(Nohant)小城，與農人為伍。此一時期所寫多為歌頌農民和自然的作品。她甚至在年方五十(一八五四年)，就出版了長篇自傳《我的一生》(*Histoire de ma vie*)，大有為自己一生作總結之意。然而，本來就交遊遍天下的喬治桑，卻使得她的歸隱之地諾昂也成了名士麇集之所。鋼琴家李斯特(Franz Liszt)、畫家德拉庫瓦(Eugene Delacroix)、小說家巴爾札克(Honore de Balzac)、左拉(Emile Zola)、福樓拜(Gustave Flaubert)等都是常客。

今年(二〇〇四年)是法國的國定「喬治桑年」。法國文化部歸納她的才情，說她「喜歡藝術也關注自然，幾乎打破了各種學科領域的界線。她不但鑽研音樂、繪畫、園藝、礦石……還蒐集地方歌謠、風土習俗。在諾昂她並曾創設了一個偶戲劇團。她又擅長縫製衣衫、製作果醬、騎馬、射擊……。」喬治桑簡直無所不能，而又完成了那麼多的作品、談了那麼多次不平常的戀愛！

喬治桑是一個才情洋溢且精力充沛的女子殆無疑問，但近十年來她重新得到西方世界的廣泛注意，主要還是她的女權主義色彩和特立獨行的人格特質。不過，在激烈的女性主義之外，我們會發現她同時是一個母性極強的女人，不管是對情人如繆賽、蕭邦，還是對她周圍的樸實農民，甚至於她晚年維持長期且密集通信關係的小說家福樓拜，她和他們的關係都不是一個強悍的女性而是一個溫暖呵護的母親。諾昂的居民甚至曾給她一個「諾昂慈母」(la bonne dame de Nohant)的封號。這樣的綜合特質，恐怕也是她一生能像磁石一樣，吸引眾多才子名士的一個原因吧。

（二〇〇四年七月二十六日　聯合副刊）

文學史上最黑暗的一頁
——老舍之死

老舍大概是自殺——雖然沒有人能夠證明。但不管是不是自殺，他的死同時也是他殺……

一九六六年八月二十四日，北京城北的太平湖畔坐著一個臉上身上傷痕累累的老人。有人看到他大概坐了一整天，一直到入夜。次日清晨，他的屍體浮在水上，打撈上來以後從他口袋裡的證件才發現他就是老舍，寫過《駱駝祥子》、《茶館》等膾炙人口作品的著名作家，也是當時北京「全國人大代表」、「全國政協常委」和北京市「文聯」的主席。

老舍大概是自殺——雖然沒有人能夠證明。但不管是不是自殺，他的死同時也是他殺。

在八月二十四日的前一天，紅衛兵學生在北京搞「鬥批改」。殺氣騰騰的學生將三十幾名包括了作家蕭軍、端木蕻良、京劇名演員荀慧生等藝文界的「牛鬼蛇神」推上車，準備到文廟前燒戲服、批鬥這些黑幫。這時有人發現老舍在人群裡，大喊「他是主席，揪他上車！」中國近代最重要的作家之一，老舍，從這一刻開始，用他的血肉見證了中國文學史最黑暗的一頁。

一兩百名學生在文廟前將幾十箱戲服點火焚燒。大火和集體的狂熱把這些孩子變成了野獸，作家藝術家們跪在火堆前被他們用舞台上的刀槍和銅頭皮帶拷打。頭破血流的老舍後來在「文聯」和公安局，又遭到一而再的毆辱。直到深夜老舍的妻子胡絜青才獲准能帶他回家。

第二天早上，胡絜青得離家去工作單位上班，老舍對三歲的孫女說了「和爺爺說再見」，然後就出門去了城北的太平湖。

1945年冬，老舍一家合影，左起：舒濟、舒雨、老舍、舒乙、舒立、胡絜青。

老舍的作品中，受欺壓的善良人不少選擇了自殺死亡。老舍三歲時父親死於八國聯軍之役，不識字的母親含辛茹苦扶養他成人。貧困使老舍特別了解下層階級的種種艱苦不幸。對基層大眾的熟悉也使他成為最善用北京口語俗語的作家。大陸淪陷時老舍正應邀在美講學，其實有機會留在美國，但他選擇了整裝回國。也許老舍真對「人民政府」抱著高度期望，三〇年代著名作家當中，他也是少數在共產政權建國後仍寫出代表性作品的一位。老舍公認的代表作《茶館》寫於一九五七年；頌揚農民翻身的劇本《龍鬚溝》（一九五一年）則為他贏得了「人民藝術家」的榮銜。

然而這位「人民藝術家」在受盡「人民」凌辱，選擇了死亡後，他的遺體在當天就被勒令火化，並且因為是「反革命」不准保留骨灰。

老舍的作品中，很奇特地，有許多與真實人生巧合的伏筆。眾多的自殺情節固然預告了他自己在類似情境中可能的選擇；更不可思議的是，在他寫成於三〇年代的一本半科幻式諷刺小說《貓城記》裡，老舍所用來影射中國的「貓城」，就曾發生一場學生集體打殺老師的驚心動魄的暴力事件。至於這種殘暴行為的心理根源，老舍也不自覺用他自己的體驗做過印

老舍，攝於60年代以前。

證：一九五一年中共國慶，他發表了一篇題為〈新社會就是一座大學校〉的文章，說到自己前一天參加在天壇舉行的「控訴惡霸的大會」，形容在擠滿群眾的鬥爭會場，「惡霸」（多半可能就是地主或資本家）怎樣被推到台上跪下，台下全體齊喊「打倒惡霸」、「擁護人民政府」的口號；「聲音像一片海潮。人民的聲音就是人民的力量」：

老的少的男的女的，一一的上台去控訴。控訴到最傷心的時候，台下許多人喊「打」。我，和我旁邊的知識分子，也不知不覺的……和幾百個嘴一齊喊：「該打！該打！」這一喊哪，教我變成了另一個人！

我向來是個文文雅雅的人。不錯，我恨惡霸與壞人；可是，假若不是在控訴大會上，我怎肯狂呼「打！打！」呢？——群眾的力量，義憤，感染了我，教我不再文雅，羞澀。說真的，文雅值幾個錢一斤呢？恨仇敵，愛國家，才是有價值的、崇高的感情。

老舍死前沒有留下片紙隻字，我們也永遠不會有機會知道，他在被紅衛兵凌辱或死前坐在湖畔沉思的時候，有沒有想到自己十五年前的這篇文章。然而，這段文字誠實地說出了人會在「恨仇敵，愛國家」的情緒鼓動下「變了另一個人」。而獨裁者正是善用這種民粹情緒的人。老舍必定是愛人民的，然而他畢竟不曾以更高階的知識分子的膽識，來看出這種民粹情緒的危機。

歷史要說的大概是，當一個社會，真誠有識的人也被群眾牽引，做了專制的背書，那可怕的破壞力也許很快就會回到自己身上來。

（二○○四年八月二十三日　聯合副刊）

亂都之戀與亂世的人生

——張我軍和台灣新文學

張我軍給羅心鄉寫的情詩，在一九二五年出版為詩集《亂都之戀》，序文自謂「真摯的戀愛，是要以淚和血為代價的」，這本詩集也成為台灣文學史上的第一本新詩集……

前年（二〇〇二年）是張我軍（一九〇二—一九五五）的百年冥誕，二〇〇五年則將是他逝世的五十周年；十一月三日是他的逝世紀念日。

莊永明在《台灣百人傳》裡，為張我軍冠上「台灣新文學的急先鋒」稱號。對台灣新文學運動的發祥來說，張我軍不是最早，但確實最「急」，影響也最大。一九一九年「五四」新文學運動在中國內地燒成燎原之勢以後，在當時日本統治下的台灣，也零星出現討論文學走向的聲音。

但是，一九二四年，張我軍開始在蔣渭水所創辦的《台灣民報》上發表的一連串砲火猛烈的文章，才使新文學運動的討論序幕大開。一九二四年四月，他的〈致台灣青年的一封信〉，指出當此「各種新道德、新思想、新制度等等方面在萌芽之時」，台灣青年應以「團結、毅力、犧牲」改造台灣社會。十一月，他又寫了〈糟糕的台灣文學界〉，正式挑戰吟詩作賦、風花雪月的舊文學，主張台灣必須進行白話文學的建設。次月，題目更生猛：〈請合力拆下這座敗草叢中的破舊殿堂〉。這些文章終於招來舊文學界的反擊，開啟了在島上的新舊文學論戰，而白話文學和口語文的應用，也從此走上了和中國內地平行的不歸路。

然而張我軍成為一個文學運動開創者，乃至於詩人、小說家，卻多少是個偶然。張我軍原名張清榮，出身佃農之家，小學畢業就做了學徒，後來在新高銀行當雜工。因為工作能力受到賞識，一年後（一九二二年）被升為雇員並派到銀行的廈門支行工作，同時在廈門同文書院習漢文。這個轉捩點使他開始接觸到中國文化和新文學，也在這時，張清榮改名為張我軍。一九二三年，因為戰後景氣的衝擊，張我軍領了一筆遣散費，離開銀行。這時他已經相當受到新文化運動的啟

張我軍。

迪，因此沒有立刻回台灣，而是去了上海，然後又由上海到北京，進入北京高等師範學校就讀。

二十一歲的張我軍在高等師範遇上了他的傾慕對象，十六歲的女同學羅心鄉。張、羅之戀談得轟轟烈烈，一度兩地相思飽嘗分離滋味，最後是羅心鄉不顧家人反對，身上穿著制服，什麼都沒帶，就跟張我軍私奔到台灣結婚。羅心鄉日後曾在〈憶亂都之戀〉的文章裡，追憶當年在高等師範如何忽然收到一個陌生男子情書的情景。張我軍給羅心鄉寫的情詩，在一九二五年出版為詩集《亂都之戀》，序文自謂「真摯的戀愛，是要以淚和血為代價的」，這本詩集也成為台灣文學史上的第一本新詩集。

張我軍的文學主張明顯受到胡適的影響，而《亂都之戀》作為台灣的第一本新詩，其意義又有類於胡適的《嘗試集》在中國新文學運動裡的意義，張我軍也常被目為「台灣的胡適」。

「台灣的胡適」和胡適自己，處於相類的年代。胡適引進了西方的民主思潮和治學方法，因緣際會地又帶動了語言文化的革命，導引了「五四」以降的中國新文學運動。「台灣的胡適之」張我軍沒有類似的學術背景，但因緣際會地成了胡適白話文學主張的有力傳播者。台灣的中文白話文運動自二〇年代發皇，面對漢語舊文學、殖民環境下的日語書寫，以及本土意識下的台語文學……多種力量的衝擊交錯，發展的路途可以說遠比它在中國的兄弟更為曲折。而張我軍，從台灣本土的基層成長，又接受到中土文化的洗禮和語文變革觀念的啟迪，同時因為生長於日據統治下的關係，日文基礎良好（一九二九年，他自北師大畢業，即在母校及其他北京學府教授日文，著作中很大一部分是日文著作的翻譯和在北京數所大學教授日文時編纂的日語教材）。這樣一個人，一方面是多重文化的集合，另一方面，文化的夾縫和時代的動盪也使他有著飄徙不安的悲劇性。初到廈門時，他感受到異鄉的孤立；戀愛時，他領會不被接納的困阻；在北京教書，他竟是日軍陷城時沒有被通知撤離的一員；而在戰後回到台灣，隨後的政治氣氛使他在寫作上近於停頓。跨文化而不能免於文化情境轉換中的孤立，是這一代許多文人共同的嘆息吧。

但另一方面，他寬宏的文化包容度卻也結出另一個美麗的果實。張我軍和羅心鄉育有四子，次子張光直成為國際知名的考古人類學者，晚年曾返國擔任中央研究院副院長。龍瑛宗在追念張我軍的文章裡，曾談到張光直建中畢業時，進醫科絕無問題，但張我軍充分尊重兒子在歷史考古領域的興趣，遂有日後步上蹊徑而在中國考古學大放異彩的張光直。我曾聽有人預言，一日台灣走上獨立，張我軍、楊逵這些具有大中國意識的本土作家就會被重新定位；這樣思考的人，似乎是假設「獨立的台灣」就該摒除中國意識，只有台灣。這真使人要問，我們究竟希望本土學者也能放眼全球，成為世界性學者，還是只「看著自己的肚臍眼」！張光直在中國考古學上的成就，為大陸學界所高度推崇，少了張光直，也就少了台灣學者在中國考古學上的重要發言。說張光直是張我軍《亂都之戀》的美好成果，也許不如說《亂都之戀》背後的文化包容意義，正是造就張光直的必要條件吧。

（二〇〇四年十一月一日　聯合副刊）

「最是人間留不住，朱顏辭鏡花辭樹」

——王國維之死

一九二七年王國維自沉時，既已是舉國仰望的文化重鎮，又是才五十歲的盛年，格外震動朝野……

王國維（一八七七—一九二七）只活了五十年，卻在古文字學、古器物考證、古史地學、詩詞、文藝理論、哲學、美學都有開闢新境、啟發後代的成就。他的生平著述達六十二種，批校的古籍逾兩百種。魯迅說：「要談國學，他才可以算作一個研究國學的人物！」以博學著稱的法國東方學學者伯希和（Paul Pelliot, 1878-1945）也曾一再為文介紹王國維的成就，說：「現代中國從沒出現過走得這麼超前又涉獵如此廣博的學者。」到今天，不說艱澀的古史研究，在一般文史領域中，王國維的「境界說」、《紅樓夢研究》等仍是一再被引據的重要論述。

今年十一月間，廣州博物館展出了據稱是王國維自沉昆明湖之前留下的遺囑。使得王國維當年為何自殺，又重新引起一些討論。

中國文人是不大自殺的，他們基本上服膺逍遙、達觀的人生態度，得志時是儒家，失意時還有道家的世界可以逃遁（要等到文革時那種無可逃遁的局面，文人才成串成串地自殺）。因此歷史上，自殺的文人，屈原下來幾乎一算就到了兩千年後的王國維。一九二七年王國維自沉時，既已是舉國仰望的文化重鎮，又是才五十歲的盛年，格外震動朝野；但由於死因難有定論，也就成了懸案。其中認為他是「殉清」和「殉文化信念」的，都大有人在。

王國維的遺囑是遺體被發現時在口袋中找到的，內容當時即已披露，但見到的人很少。廣州博物館展出的這件遺囑，館長程存潔說，原為已故中山大學著名史學家容庚所收藏。容庚曾是二〇年代清華園中王國維的學生，也是當時辦理王國維後事的當事人之一。這份遺囑珍藏在他身邊達半個世紀之久。一九八三年容庚過世，一九九四年八月，家人將這份遺囑連同一百多件商周時期的珍貴青銅器，捐贈給博物館。

王國維遺囑的內容是這樣的：

五十之年，只欠一死；經此世變，義無再辱！我死後，當草草棺斂，即行葬於清華園塋地。汝等不能南歸，亦可暫於城內居住。汝兄亦不必奔喪，因道路不通，渠又不曾出門故也。書籍可託陳吳二先生處理。家人自有人料理，必不至不能南歸。我雖無財產分文遺汝等，然苟謹慎勤儉，亦必不至餓死也。五月初二日父字。

當中「汝」是指他的三兒子，「陳吳二先生」是指陳寅恪、吳宓兩位當時也在清華園任教而和王國維交情極篤的學者。

「五十之年，只欠一死；經此世變，義無再辱」的話，自然是最引發猜測的部分。一九一一年民國肇造，改朝換代的巨變和隨之而來的政治社會的動盪、文化上的新舊之爭，對王國維這位一直穿長袍留辮子的國故學者，衝擊可以想見。加上他死後不少前清遺老的附會；他的親家，也是古文物學者羅振玉竟向遜帝溥儀去請求「謚封」，都使得王國維之死還真有一點「殉清」的味道。

王國維不是殉清。但他殉了他的時代，他的時代包括了他所熟悉的王朝的傾頹和他所疑懼的一個新時代的到來；他也殉了自己的信念，他的信念包括了固有倫常綱紀和附著其上的美感。道德和美感的陵夷，對他而言是信念的敗退和屈辱。

王國維遺囑中要求書籍託陳寅恪、吳宓二先生處理，其義有如文化使命的交接。王國維、陳寅恪這兩位文史鉅擘，結交時間只有王死前的一年多，但短短的一年多中，兩人幾乎日日過從，相與論道。王國維死後陳寅恪寫有一篇〈王觀堂先生輓辭序〉，說到：

> 凡一種文化值衰落之時，為此文化所化之人，必感痛苦，其表現此文化之程量愈宏，其所受之痛苦亦愈甚；迨既達極深之度，殆非出於自殺無以求一己之心安而義盡也。……

這段話，吳宓在他著名的《雨僧日記》中早在王國維方死時即已引述，應是陳吳兩人談論所及。王國維自己早年也曾說：「余之性質欲為哲學家則感情苦多，而知力苦寡；欲為詩人，則又苦感情寡而理性多。詩歌乎？哲學乎？他日以何者終吾身，所不敢知，抑在二者之間乎？」感情苦多的哲學家，處於文化動盪的夾縫，終究無法解脫。

王陳吳三人中，王國維雖早早選擇自盡，留給世人無限悼惜，但與陳吳二人在文革期間遭到的凌辱折磨相較，恐怕反而算是幸運。吳宓《雨僧日記》有晚年目盲腿折、獨臥病榻，還大聲讀

王國維。

陳寅恪的〈王觀堂先生輓辭序〉，「涕淚橫流，久之乃舒」的記載，讀之使人鼻酸。

王國維、陳寅恪這樣的學者，都是中文世界不可能再產生的。然而，時代夾縫中的文人，即使歷史將證明他的筆「比劍還有力」，終究不能免於是動盪時代中的犧牲品。王國維在《人間詞》中「最是人間留不住，朱顏辭鏡花辭樹」之句，說的莫非也正是世間難得而易逝的才情！

（二〇〇四年十一月一日　聯合副刊）

政治與文章之間
——遙想王安石

政治家而能同時有文學的能力，這是積弱的宋朝的不幸之幸，隔代視之，恐怕也是歷史的幸運……

文人從政，是科舉盛行的必然結果，因為此時官員本來就是「考文章」考出來的。但是像宋代那樣「考」出那麼多文章大家，還是很不尋常。更不尋常的是這些大家，不只是做「官員」而已，他們拜相參朝、名動京師。唐宋八大家在宋朝的歐陽修、蘇洵、蘇軾、蘇轍、王安石、曾鞏都與聞朝政，其中王安石（一〇二一—一〇八六）更因為拜相推動新法，引發中國歷史上最大的政爭。

宋朝的政爭，到後來其實已成黨爭。但比起唐朝的牛李黨爭，或明朝的東林黨爭，宋朝變法可稱理念之爭：兩造對對手的貶抑都還算文明，甚至還因為各自說理，留下來許多好文章，主要便因關連的人多為有學君子。（王安石曾為反對他的歐陽修寫了〈祭歐陽文忠公文〉，蘇東坡也為他反對的王安石寫了〈王安石贈太傅制〉，都極盡推崇，也可見諸君子的氣度。）牛李黨爭牽涉到外戚，東林黨爭牽涉到宦官，其爭不只慘烈而且血腥。只是，即使是始於君子之爭，終了也和其他兩個黨爭一樣，不免於以朝代的淪亡為代價。

宋朝自始積弱，龐大的軍費支出和大地主的兼併等問題，早已是有識之士的隱憂。王安石之前，范仲淹已提過新政，也已引起朋黨之爭。歐陽修甚至為此寫了著名的〈朋黨論〉呈給宋仁宗，指出凡小人之朋得勢，就會以朋黨為名排斥君子之朋，國必亂亡。他提醒宋仁宗應以歷史上的興衰治亂為鑒，「退小人之偽朋，用君子之真朋」。

在范仲淹提出新政的前後，一〇四二年，二十一歲的王安石登科進士，隨後在江南江北各地做了幾任州縣官，親歷民間疾苦。十六年後他寫了〈上仁宗皇帝言事書〉，提出了變法建議，主張抑制官僚地主的兼併和特權，改變北宋積貧積弱的局面。但要等到神宗即位（一〇六七年），王安石方得到重用。從熙寧三年（一〇七〇年）起，王安石兩度拜相（同中書門下平章事），以理財和整軍為主，推動農田水利、青苗、均輸、方田均稅、免役、市易、保甲、保馬等改革，也就是史稱的王安石變法。但六年後在強大的反對壓力下退位隱居。

隱居江寧的王安石，慣於騎個小毛驢漫遊山水，這樣閒適的句子，也許就出自山水間的詩興：

俯窺憐綠淨，小立佇幽香。
攜幼尋新菂，扶衰坐野航。
延緣久未已，歲晚惜流光。

他的新法在司馬光接續為相後一一被廢黜，王安石聽了都淡然視之。一直到聽到連免役法也要罷除時，才廢然而歎：「此法終不可罷！安石與先帝議之二年乃行，無不曲盡。」王安石口中的先帝是宋神宗。神宗和王安石是歷史上少有的聖君賢相組合。可惜他們不似另一組聖君賢相，唐太宗和魏徵，能夠相得益彰。神宗所以能算聖君，是因為他力求振作，為國政往往寢食不安，但能力上既無執行的果斷，對反對力量又排解無方，終究導致中國歷史上規劃最完整的變法中途而廢。接下來的北宋也在新舊黨輪番上陣的黨同伐異中消亡了。

然而罷黜後倒是王安石寫作上的成熟期。經過世局榮辱，他的心情進入疏淡開闊的境界，有一首題為〈偶書〉的詩，幽默自嘲的趣味為中文古典詩中所少見：

> 穰侯老擅關中事，長恐諸侯客子來。
> 我亦暮年專一壑，每逢車馬便驚猜。

王安石。

詩裡「穰侯」用的是秦昭王的宰相穰侯的典故。這位穰侯在位日久，每天擔心有人搶他的位子。《史記・范雎蔡澤列傳》寫到秦的使節王稽賞識范雎，助范返秦，但怕被穰侯知道，把他暗藏在車中。不巧還是路遇穰侯，穰侯問道：「謁君得無與諸侯客子俱來乎？無益，徒亂人國耳！」（先生有沒有帶什麼「諸侯客子」一起來啊？那不是什麼好事，只會擾亂人家的國度！）王稽騙過了穰侯，使范雎順利歸秦，後來范雎果然獲重用，取代了穰侯，使秦國國力大盛。王安石說，你看，我不是就像那霸占位子的穰侯麼，年紀大了，占據著我（隱居的）這個山壑，一聽車馬聲便「驚猜」，可不是哪個「諸侯客子」要來搶我的位子吧？

王安石的文字能壯闊：不管是變法的擘畫，還是給仁宗上萬言書，還是答司馬光的辯難，都見其果毅雄健；王安石也能移情委婉：〈讀孟嘗君傳〉、〈明妃曲〉、〈傷仲永〉便見其多情；至於徜徉山水間的退位宰相，則我們竟看見他的禪境與趣味了。

政治家而能同時有文學的能力，這是積弱的宋朝的不幸之幸，隔代視之，恐怕也是歷史的幸運。

（二〇〇四年十二月二十七日　聯合副刊）

「人權鬥士」有難有易
——桑塔格與賴和

賴和的對抗當道的精神也多少受魯迅影響。然而一個作者，風格影響可能來自他人，本質上的人道關切和道德勇氣則是自己的……

二〇〇四年的尾聲，被譽為美國才女的蘇珊・桑塔格(Susan Sontag, 1933-2004)病逝。桑塔格為世界所矚目，不僅因為她才華洋溢的文學評論、視野廣闊的文化觀察和犀利的論點與筆觸，同樣重要的，應該是她終身堅持的激進自由主義知識分子的立場。六〇年代美國在越南戰場打得如火如荼的時候，桑塔格訪問共產北越，回國後發表的旅行日記《河內見聞》(*Trip to Hanoi*)質疑了媒體的立場，更揭發了媒體掩蓋下的白宮政策的錯誤，成為促使越戰終止的重要力量之一。

其後的近半世紀間，桑塔格對以阿中東問題、共產集團和東歐政權解體後的問題，甚至九一一事件，所持的立場都不僅舉世注目，也使她成為高爭議性的人物。然而桑塔格的「人權鬥士」、「美國良心」的稱號也不脛而走，二〇〇三年德國並且頒贈給她最高榮譽的文化獎——德國書界和平獎(Friedenspreis des deutschen Buchhandels)。

有些自由主義立場，雖干犯當道，且必然觸怒意見相左的人，但如果所處的時空是民主體制下的文明社會，則當事者既無安危之慮，還可能因其才情，立刻贏得令譽。當代文化界，如哲學家沙特(Jean-Paul Sartre)、語言學家杭士基(Norm Chomsky)皆如此，桑塔格也是一個明顯的例子。

相較之下，有一種「人權鬥士」和時代的「良心」，是冒著更不可知的安危，因而需要更大的勇氣；「六四」時擋在坦克大砲之前的王維林、台灣黨外時期的施明德等人屬之。

以這個角度來說，我們特別應該回顧一下有「台灣新文學之父」之稱的賴和（一八九四—

賴和(賴和文教基金會提供)。

一九四三）。一九四三年一月病逝的賴和，其生在台灣割日的前一年，其死在日本戰敗台灣光復的前二年，可以說終其一生，生活在日本強權統治之下。殖民者的高壓手段眾所周知，但是我們看到，在彰化行醫的賴和，發願「但願世間無疾病，不愁餓死老醫生」。他的作品，不管是小說、舊詩、新詩、雜記，都充滿深沉的人道主義色彩。他同情農民的困苦、焦慮於群眾的愚昧奴性，抗議統治者對小民的欺壓凌辱……。一九二五年，日本警察在二林鎮壓「二林蔗農組合」（通稱「二林事件」），被檢舉者都受到酷刑毒打。賴和立刻以〈覺悟下的犧牲：寄二林事件的戰友〉聲援；一九三〇年，賴和又因為抗議日本政府讓日籍「退職官」可以低價取得墾地，魚肉農民，寫出了〈流離曲〉：

悲愴！戰慄！
如屠場之羊、砧上之魚，
絕望地任人屠殺割烹。
……
這就是法的平等！

同年，慘烈的「霧社事件」發生。日軍動用新式武器、甚至毒瓦斯來殺戮高山同胞，賴和也立刻以長詩〈南國哀歌〉抗議：

舉一族自願同赴滅亡，
到最後亦無一人降志，
敢因為蠻性的遺留？
是怎樣生竟不如其死？
恍惚有這呼聲，這呼聲，
在無限空間發生響應，
……
兄弟們來！
來！捨此一身和他一拚！

如此無視於統治者隨時可能籠罩的利爪，宜乎王詩琅稱賴和是「良心的知識階級的典型人物」，也無怪乎日人兩次將他拘捕下獄。第二次被捕雖因重病釋放，但次年賴和便告病逝，得年僅四十九歲。

賴和也留下不少寫實的短篇小說，像〈一桿「稱仔」〉、〈不幸之賣油炸檜的〉，對日人統治下台灣小民的戰慄無告有深刻的描寫。

賴和十四歲即隨耆老學習漢文，古文根柢甚深。但及長受新文學薰陶，多以白話創作；札記和雜文尤其看得出魯迅的影響。對照於有人稱張我軍為「台灣的胡適」，賴和也常被視為「台灣的魯迅」。這點，我們如果看他編輯《台灣民報》，和舊學或當道的擁護者辯難，其筆調之魯迅風更為明顯。他嘗回答一位問罪的「老先生」，來者顯然認為這些新學小子應該多向古人學習。賴和迎戰：

> 現代的台灣杜甫、放翁！請勿吝惜，把石壕吏那樣的作品，來解解小子們文學上饑渴，就如雜詩，表現自己生活的片面的，也可滿足。唉！現台灣不是老先生的理想國嗎？那得這些材料，可供描寫，小子錯了，死罪死罪！

語中便有呼之欲出的魯迅意味。事實上，賴和也視魯迅為其最尊敬的作家。文體之外，賴和的對抗當道的精神也多少受魯迅影響。然而一個作者，風格影響可能來自他人，本質上的人道關切和道德勇氣則是自己的。比諸七〇或九〇年代桑塔格面對的世界，三〇年代的賴和所需要的勇氣更大，而及身看到世界給他回應的機會更少，他的義無反顧，因而更珍貴而不易。

（二〇〇五年一月十日　聯合副刊）

文學史上最有影響力的翻譯家

——改變一個時代的譯者嚴復

歷史所不會忘記的，是翻譯家嚴復所發揮的巨大影響。……他為譯事所立下的「信、達、雅」三原則，解讀歧義雖多，恐怕迄今仍是最多人奉行的準則……

嚴復出生的時候，一八五三年，中國已經從赫赫威儀的「天朝」淪為列強的俎上之肉：鴉片戰爭發生過了，《南京條約》、五口通商，《馬關條約》、香港割讓……成串喪權辱國的挫敗正一一等在前方。義和團式的民族主義是愚夫的餘勇；有識者看見的是侵略者背後西方文明的力量。有人已經準備要揮灑革命的熱血，有人則開始介紹西學。

但是，引介西學得先有人將重要的經典譯為國人能讀的文字。在幾乎沒有人具備這樣能力的當時，嚴復的適時出現，彷彿就是為了要完成這個使命。

一八六七年，十四歲的嚴復因為父親驟逝，放棄了私塾館課，進入沈葆禎所創辦的福州船政學堂，這也等於放棄了科舉之途，選擇了追求「船堅砲利」的西學。在這之後，嚴復差不多每隔十年就經歷一次人生的轉折。而所有的轉折，都為他鋪下通往翻譯工作的路途：

翻譯家嚴復。

一八七七年，嚴復赴英國皇家海軍學院深造。同時對英倫政治社會體制亦極留意，當時思想開明的駐英公使郭嵩燾視之為忘年之交。兩年後嚴復學成回國，受聘任福州船政學堂後學堂教習。清廷御史張佩綸（即作家張愛玲的祖父）曾在與李鴻章討論海軍人才時，認定嚴復「器識閎通，天資高朗」，未幾李鴻章將嚴復調到天津。

一八八九年，嚴復升任為北洋水師學堂總教習，但已開始轉而關心革新救國。一九九五年，甲午戰敗，嚴復發表〈論世變之亟〉、〈救亡決論〉等文章，主張變法維新，宣傳「尊民叛君，尊今叛古」的理論，成為維新運動的重要理論家之一。

一八九七年，嚴復參與創辦《國聞報》，宣傳革新；同時也開始翻譯《天演論》，在《國聞報》上連續發表。次年入宮覲見光緒皇帝；同年光緒下詔變法，推行新政，但慘遭失敗。主事的戊戌六君子被處死，《國聞報》因報導變法，也被勒令停辦。

從一八六七到一八九七年，整整三十年了。那個十四歲的孩子現在已經年近半百。但這期間，他既學了洋人的技術之學，也見識了西方民主發祥地的典章制度，還因此練就了英語文的工具。但是在政務的參與上，他經歷的卻是自己國家欲振乏力、割地賠款節節敗退的屈辱。如果嚴復的人生停留在這三十年的軌道上，歷史大概很快就把他忘了。但是作為翻譯家，他的生命這時才真正開始，而歷史所不會忘記的嚴復，是翻譯家嚴復所發揮的巨大影響。

戊戌變法失敗後，嚴復開始大量譯述西方重要思想著作，包括《天演論》（*Evolution and Ethics and Other Essays*, 1898）、《原富》（*Inquiry into the Na-ture and Cause of the Wealth of Nations*, 1901）、《群學肄言》（*A Study of Sociology*, 1903）、《群己權界論》（*On Liberty*, 1903）、《穆勒名學》（*System of Logic*, 1903）、《社會通詮》（*History of Poliitics*, 1903）、《法意》（*Spirit of Law*, 1904-1909）、《名學淺說》（*Logic*, 1909）等。這是第一次有人把西方重要的經濟、政治、社會、自然科學和哲學思辨經典，大量地譯為中文。對當時飢渴於西方新思潮和新文化的知識分子來說，其震撼與啟迪殆非今天所能想像。而當中影響最大的，應該是《天演論》的物競天擇、適者生存的理論。胡適在他的《四十自述》中便曾回憶，《天演論》一出：

> 數年之間，許多進化名詞在當時報章雜誌的文字上，就成了口頭禪。無數的人，都採來做自

己和兒輩的名號，由是提醒他們國家與個人，在生存競爭中消滅的禍害。

這個當時才進澄衷學堂念書的少年，也因此把自己的名字從「胡洪」改成「胡適」。另一個近代文學重鎮魯迅，在文集《朝華夕拾》中，也說到自己啟蒙之初，在學校生活中最大樂趣就是「吃侉餅、花生米、辣椒，看《天演論》」。毛澤東則曾在延安和美國記者Edgar Snow談話時，興奮地描述他少時讀《天演論》的情景，稱嚴復是「中國共產黨出世以前向西方尋找真理的人物」。——嚴復的西學譯述，在中國面臨時代變局的一刻，適時成為巨大的刺激，影響了許多改變時代的關鍵人物。

嚴復的主要身分不是文學家，但他也留下不少詩文創作；他的翻譯所以一出現即造成風潮，除了當中的意念，譯筆的文學質地也絕對是關鍵。桐城大家吳汝綸便曾稱讚他的文章「往復頓挫，深美可誦」。用魯迅的話，則是「搖頭晃腦的讀起來，真是音調鏗鏘」。我們看他在《天演論》一開始的譯文，便不難證明：

……夏與畏日爭，冬與嚴霜爭，四時之內，飄風怒吹，或西發西洋，或東起北海，旁午交扇，無時而息，上有鳥獸之踐啄，下有蟻蝝之齧傷。憔悴孤虛，旋生旋滅。菀枯頃刻，莫可究詳。是離離者亦各盡天能，以自存種族而已。

這個譯文今天看來當然是「桐城餘孽」了，但在當時，這樣的雕琢駢麗，必也是知識分子讀之而齒頰生香的原因之一吧。而他為譯事所立下的「信、達、雅」三原則，解讀歧義雖多，恐怕迄今仍是最多人奉行的準則。

嚴復晚年日趨保守。不僅主張恢復科舉，也襄贊復辟，其心態轉折，又是另一個大可玩味的問題。不過，就如哈佛大學的知名中國近代史學者史華慈(Benjamin Schwartz)教授在他的嚴復研究*In Search of Wealth and Power: Yen Fu and the West*中指出的，經過嚴復把達爾文主義傳入中國後，中國知識界所有的奮鬥目標，都可以歸納為對國家富強的無止盡的追求，這也差不多是夏志清教授歸納現代(指一九一九至一九四九年)中國文學特質時，所說的「感時憂國精神」；夏氏之文也舉嚴復為其著例。以翻譯家而發揮如斯時代影響，嚴復恐怕真是空前絕後了。

(二〇〇六年二月十五日　聯合副刊)

文學史上最艱難意外的學術成果

——沈從文和他的《中國古代服飾研究》

少年從文，用他的全部的活力、敏感和無拘束的想像力，看盡古老中國的衰腐與美麗，愚昧與智慧，殘酷與包容。那是他人生的第一本大書……

一九六一年，夏志清教授的經典大書《中國現代小說史》(*A History of Modern Chinese Fiction, 1917-1957*)由哥倫比亞大學出版。夏氏在書中大膽地把沈從文(一九〇二—一九八八)的地位提到幾乎魯迅同等的高度(另兩位因夏氏的春秋之筆，站穩了文學史地位的作家，是張愛玲和錢鍾書)。但全書雖然以一九五七年為界，實際上書中對沈從文作品的評述，到一九三、四〇年代便戛然而止了。一九四九年天翻地覆的政治變局切斷了很多作者的創作生命，但像沈從文這樣全然中止的，還是少有。

寫《中國現代小說史》時的夏志清，顯然無從知道，當時的沈從文正在極度困難中孕育著另一個不同的寫作生命：一本二十年後才終於要面世的文化史鉅著，《中國古代服飾研究》，這時已提綱起筆。但夏氏對好作者觀察的敏銳，卻使他一眼看出：

沈從文雖然對資產階級生活方式的無聊墮落，感到深惡痛絕，但也拒絕接受馬克斯式的烏托邦夢想。因為這種烏托邦一旦實現，神祇就將從人類社會隱沒。他對古舊中國之信仰的虔誠，在他同期作家中，再也找不出第二個。

正是這種對「古舊中國之信仰」，在時代的巨大變革面前，帶給沈從文的恐懼和痛苦顯然比其他作家更立即也更強烈。一九四九年，許多在二十年後文革來到時走上自殺之途的作家，這時正歡欣歌頌社會主義新時代的來臨。然而沈從文已在給丁玲的信裡這樣自剖，「個人由於用筆離群……涉於公，則多錯誤看法……涉於私，即為致瘋致辱因果。為補救改正，或放棄文學……但要說即能十分積極運用政治術語來表示新的信仰，實在一時也學不會。」這個「學不會」也顯然沒積極想學的沈從文，感受到思想桎梏的巨大壓力，卻連家人也不能理解，因而在一九四九年曾試圖割斷喉嚨自殺，幸而送醫獲救。

沒死成的沈從文，從此告別了文學之路。在幾乎四十年後，一九八八年，如果沈從文不是在當年五月忽然病逝，那年的諾貝爾文學獎相當篤定是要頒給他的。果然等到這個獎的話，於沈從文，恐怕有如滄桑夢幻；於諾貝爾獎，則會是空前絕後的一次頒給四十年無創作的作者之舉了。

然而沈從文本來就是生命中每一個階段都充滿傳奇的人。二十歲那年他因為受到《新青年》這些五四書刊的啟蒙，隻身跑到北京想進大學。但那之前，他是生長在湘西，連小學都沒念完整的鄉下孩子。我們看見自傳裡他撒野頑劣到教人嘆為觀止的童年；那個不惜耍所有的心機、吃所有的苦頭，只為了要逃學流連山林原野和市集，不去上學的沈從文；我們也看見那個十三歲就去當預備兵，四處移防，一年多時間目睹七百多人被砍頭的沈從文。少年從文，用他的全部的活力、敏感和無拘束的想像力，看盡古老中國的衰腐與美麗，愚昧與智慧，殘酷與包容。那是他人生的第一本大書。這本書既成為他前半生源源不絕的寫作題材的來源；也成為後半生在極度艱難困阨中猶不喪失對文化命脈信心的憑藉。

沈從文與張兆和。

進京以後的沈從文，沒考上學校，卻摸索著寫作，終於嶄露頭角。《邊城》、《蕭蕭》、《從文自傳》、《湘行散記》……足以傳世的作品源源而出。從一九二〇到四〇年代，他完成了約八十部、超過千萬字的文學創作，巨大的寫作能量和植根於文化底層的素材，使沈從文成為五四以降的新文學史上，一個鄉土題材的巨匠和美文風格的塑造者。他甚至在十七年後，三十七歲時，成為北大的教授，且因為胡適的開明協助，娶得了他苦苦追求的女學生張兆和，成為另一段文人佳話。

然而隨著時代的巨變，一九四八年郭沫若發表的一篇題為〈斥反動文藝〉文章，把朱光潛、沈從文、蕭乾等人同打成反動派。隨後，自殺不成的沈從文也失去了北大教職，被派到北京的歷史博物館作文物工作，為陳列展品寫標籤、作導覽。一九六四年因為周恩來覺得應有人研究古代服飾，這個工作落到沈從文頭上。在獨力研究的過程中，沈從文的孤立艱難和堅持，五〇年間就開始跟他觀摩學習的清華大學教授黃能馥，有生動也感人的記述。

這本書初稿完成不久，「文革」來了，古代服飾研究被認定為「黑書毒草」，辛苦蒐集的藏書和資料全部遭到毀損，而已年近七十，患了高血壓、心臟病的沈從文也被下放到湖北養豬種菜。但下放期間他奇蹟似的在沒有任何參考資料和筆記的情況下，把記憶中的絲、漆、銅、玉……一一用默寫方法回復，記成簽條，重新把書寫成。回顧這段經過時，他調侃自己：

在農村「五七」幹校期間，對我的記憶力是個極好的鍛鍊機會，血壓一度上升到二百五十，還是過了難關，可能和我用心專一、頭腦簡單密切相關。

這部書涵蓋了殷商到清朝的三四千年，圖像七百幅，二十五萬字。書中對各朝各代的服飾演變鉤沉抉微。事實上沈從文是以「服飾」這個物質文化為憑藉，綿密爬梳歷代政治、軍事、經濟、文化、民俗、哲學、倫理的變遷和相互影響，使它在服飾研究之外，更是文化長河的史書。沈從文自己則說，這部書「總的看來像一篇長篇小說的規模，內容卻近似風格不一分章敘事的散文」。聽起來，即使終究不得不放棄了文學創作，他看自己的任何文字成果，恐怕還是不免用一種類比於小說散文的尺度——終其一生，沈從文顯然都不曾忘情於文學，完成《中國古代服飾研究》是他一個艱苦但美麗的意外。

（二〇〇六年五月十六日　聯合副刊）

文學史上感動最多人的日記

——安妮・法蘭克的密室紀錄

安妮沒有熬過集中營的苦難，但她在日記中曾祈望：「我希望死後依然活著」，經由父親的愛，這個祈禱竟然成了真……

二次大戰留下來的文獻裡，影響最大流傳最廣的，可能不是邱吉爾首相的六大冊《二次大戰史》（*The Second World War*），而是一個十五歲時死於納粹集中營的小女孩，安妮・法蘭克（Anne Frank,1929-1945）的日記。

在某一個意義上，安妮日記見證的是兩個父權人物的一場慘烈的人道角力——希特勒用最酷虐的方式，殘殺了六百萬猶太人，其最終目的是滅絕所有猶太子裔，當中，也包括了死於納粹集中營的安妮、安妮的母親和姊姊瑪歌(Margot);但安妮的父親奧圖‧法蘭克(Otto Frank)卻意外地,藉由一個猶太父親的身分,促成他稚齡聰慧的女兒留下對希特勒的第一手控訴,而且奇蹟似地在戰後將之公諸於世,成為永恆的感動世人的戰爭文獻。

一九四二年六月十二日安妮過十三歲生日時,從父親手裡得到一本日記作為生日禮物,這是她寫日記的開始。在這之前,納粹的迫害老早已如山雨欲來烏雲滿布:

希特勒在一九二五年發表了反猶太計畫;一九三二年納粹黨獲得百分之三十七‧三選票,得到組聯合政府的機會;希特勒因此於次年就任總理,開始了禁止猶太人集會結社、成立祕密警察蓋世太保組織、剝奪猶太人經商從事公職教職權利、在全國各地大舉焚毀猶太著作等反猶舉措。也是這年,奧圖決定把他經營的事業遷到荷蘭的阿姆斯特丹避險。次年,他把妻女也接到荷蘭團聚,這年安妮五歲。

荷蘭並沒能提供太久的安全。隨著希特勒在一九三八年吞併奧地利,全歐各國一步步入其彀中——波蘭、丹麥、挪威、荷蘭、法國、比利時、盧森堡……相繼失守。一九四一年的七月,希特勒宣布了「猶太問題的最終解決方案」(Final Solution to the Jewish Question),大型集中營、毒氣室、焚化爐在各地建造起來,種族滅絕行動步步逼近。

這時,十二歲的安妮和姊姊剛進入猶太學校念書,安妮爸爸在風聲鶴唳中規畫一旦大難臨頭，如何保護全家。但要來的終究會來，一九四二年的七月五日，瑪歌收到一紙到勞工營報到的通知，奧圖知道大事不好，他所準備的避難處所雖然還沒就緒，但已不容遲疑。第二天天尚未破曉，奧圖留了一張看起來像他們要遠行到外國的紙條給房東，便帶了全家躲到他的公司一個隱匿在書櫃暗門後面的密室。一直到一九四四年的八月四日，這個密室遭人檢舉，祕密警察終於破門而入，把安妮全家和後來也避難進來的其餘四名猶太人全部帶走，他們在密室中躲了兩年一個月。

這密室中的八人被用裝載牲畜的貨車送到不同的集中營。八人中隨後有被毒氣處死的，有病死的。安妮和瑪歌相繼在一九四五年的二、三月間因傷寒死於Bergen-Belsen集中營。然而在外面，這時納粹已惡貫滿盈，兵敗如山倒。四月三十日，希特勒自殺，五月七日，德國投降，歐戰結束。安妮只差了一兩個月，沒能親眼看見納粹的敗亡。

密室八人中唯一生還的是奧圖。是的，安妮的父親奧圖奇蹟似的活下來，彷彿就為了將女兒留下的控訴昭告世人。他在六月輾轉回到阿姆斯特丹，找尋妻女的下落，一點一點拼湊起失散之後各人的遭遇。當年掩護過他們的朋友，把一些一直保管著的，在安妮一家被祕密警察押走時散落的東西交還給奧圖，當中包含了他送給女兒的日記本。安妮在日記中填滿了她十三到十五歲這段青春卻被囚閉的歲月，她的成長、思考，她對周圍的人尤其是父親溫柔的愛，還有她對猶太人命運的憤怒不平和對戰爭的控訴。奧圖老淚縱橫讀女兒的文字，給朋友抄錄了一部分。經由一位歷史學者的披露，節編本的《安妮日記》(*Anne Frank, Diary of a Young Girl*)在一九四七年出了荷文版。迄今已有約六十種不同語言版本，發行推估超過三千萬冊；百老匯舞台劇、電影版本也競相推出，當年的密室則在一九六〇年改成安妮・法蘭克紀念館，一年的參觀人次將近百萬。

我們在《安妮日記》看到她的恐懼，外面任何一點聲響都使密室裡面的人心膽俱裂。安妮在無邊無際的恐懼中寫她的盼望，「所有的人都在講挨餓、死人、炸彈、滅火器、睡袋、身分證、防毒面具等等。……我在心中哭喊：放我出去，到有新鮮空氣和笑聲的地方去！」她的安慰，「只有寫作時，我能忘卻憂慮」；她對同關在密室的一個男孩萌芽的情愛，「不知爸爸媽媽會不會同意我和一個十七歲的男孩接吻」；她的許願，「收音機裡聽到(流亡)總理呼籲大家留下戰爭中的紀錄，我希望我的日記將來也能印出來」；她的信念與疑惑，「我還能保持自己的信念，真是個奇蹟……我看到世界正在慢慢地變成荒原，我聽到漸近的雷聲終將摧毀我們，我感覺到千萬人所受的痛苦。但是當我抬頭仰望，我依然相信殘酷終將結束，和平與寧靜會重新降臨。」

安妮沒有熬過集中營的苦難，但她在日記中曾祈望：「我希望死後依然活著」，經由父親的愛，這個祈禱竟然成了真。我們必須說，猶太民族的堅忍、虔誠的信仰和對知識的敬重，是使他們歷經苦難依然出類拔萃的原因。小小的安妮只是殘酷荒謬年代的一個小切片，卻巨大地對襯了希特勒獨夫的瘋狂殘虐。誰是最終的勝利者？是安妮，也是文字面對暴政的永恆的勝利。

（二〇〇六年七月十三日　聯合副刊）

輯二

筆與寫者

那個不尋常的夏夜……
——瑪麗・雪萊和她的《科學怪人》

她跟雪萊私奔，雖像是浪漫美麗的故事，但卻使得雪萊的妻子——也是三年前才十六歲時跟雪萊私奔的年輕女子，Harriet Westbrook Shelley，投水自盡……

一八一六年的夏天，詩人雪萊(Percy Bysshe Shelley, 1792 -1822)和他美麗的十九歲妻子瑪麗(Mary Wollstonecraft Shelley, 1797-1851)在景色如畫的日內瓦湖畔度夏，住在附近別墅的還有他們新結識的浪漫詩人拜倫(Lord Byron, 1788-1824)、義大利青年波理都瑞（John Polidori, 1795- 1821）等人。

這年，遠在印尼的火山爆發造成大氣的變異，日內瓦湖畔有時風和日麗有時雷雨交加。這幾個年輕人在風雨之夜常常竟夜不眠，一起讀歐洲的民間傳說、朗誦詩歌。有一晚，雷電不息，拜倫提議每個人寫一個鬼故事。有人便想起書上讀到過的，不知科學家能不能把屍體鍍上鋅，通電使之復活。從這個話題的靈感開始，瑪麗在第二年完成了《科學怪人》(*Frankenstein*)這部小說，成為現代科幻小說的始祖。另一個歷久不衰的驚悚故事據說也起筆於這個雷雨之夜，就是那義大利青年波理都瑞所寫的吸血鬼(Vampire)故事。

這個夜晚，真叫不尋常了。吸血鬼故事把英國民間的古堡傳說變成文本。電影發明之後，古堡裡那蒼白優雅、不知什麼時候會忽然露出獠牙的中世紀幽靈，變成現代人嗜血娛樂的一部分。而《科學怪人》更因為故事中所指涉的科技與人性的掙扎，人僭取上帝的創造權的後果等等現代人關心的議題，一個多世紀來，引發無數研究、討論，更成為眾多改編和影劇演出的稿本。

瑪麗・雪萊的書在一八一八年初出版，一共三卷。同年春末，司考特爵士〔Sir Walter Scott，《劫後英雄傳》(*Ivanho*)的作者〕寫了一篇讚美的書評，但卻質疑真正的作者不是瑪麗而是她丈夫

瑪麗・雪萊，Richard Rothwell繪，1840年。

雪萊。瑪麗讀到後去信道謝，同時澄清《科學怪人》確實是自己所寫。司考特爵士的公開臆測，固然失之莽撞，但或者也難怪吧：一個才十九歲的纖秀美麗的女子，司考特必然推想，怎麼可能寫出這樣一部牽涉到那麼龐雜的知識和科學幻想的書，而且又是恐怖故事？當然該是她的著名詩人丈夫雪萊寫的！但後來的文學史家反倒有人認為，從瑪麗的才情氣性和成長背景來看，她不寫出這樣一本書才叫奇怪！

瑪麗的父母都是當時的政治激進派，母親Mary Wollstonecraft Godwin著有《為女權辯護》（*Vindication of the Rights of Woman*）一書，是女性主義的先驅。但她在生下瑪麗十天，就因產褥熱過世了。瑪麗的父親希望瑪麗成為跟母親一樣的知識分子，架上的藏書，在她成長的過程中可以無所不讀。瑪麗因此雖未接受正規教育，卻從小就博覽群書。又因為父親的人際交往的關係，她常有機會聽到父親和華茨華斯（William Wordsworth）、柯立芝（Samuel Taylor Coleridge）這些大詩人的高談闊論。九歲的時候她曾有一回躲在沙發底下，偷聽到柯立芝吟詠他的名作〈古舟子之詠〉（"The Rime of the Ancient Mariner"）。十歲時她已經出版自己的詩集。

十五歲那年，年輕的詩人雪萊登門拜訪她的父親，第一次見到瑪麗，兩人很快就墜入情網。但雪萊當時已是使君有婦，瑪麗的父親禁止兩人來往，雪萊竟為此自殺，獲救後瑪麗便和他私奔了。

瑪麗的際遇之不凡可以說少有人有，但她一生中，死亡相隨，遷徙困頓，其境遇之不幸也是少有人有！

瑪麗出生就伴隨母親的死亡，她最早學會的字母，是父親牽著她的小手一個字一個字從母親的墓碑上去學認的。她跟雪萊私奔，雖像是浪漫美麗的故事，但卻使得雪萊的妻子——也是三年前才十六歲時跟雪萊私奔的年輕女子，Harriet Westbrook Shelley，投水自盡。瑪麗懷過五個孩子，但多數夭折或流產，只有一個倖存。但最大的打擊自然是雪萊的意外死亡。一八二二年夏天，兩人遊歷義大利時，雪萊駕了他新買的雙桅帆船出海，不幸溺死。這年雪萊三十歲，瑪麗二十五。

瑪麗獨力撫養孤子成人，餘年大多用來整理雪萊的詩文出版。瑪麗在《科學怪人》之外還有許多短篇故事、雜文等傳世，但一本《科學怪人》已足使她不朽。別的不說，電影發明至今不過百年，而把《科學怪人》拍成電影的歷史也將近百年，版本至少有八、九十個，舞台劇、電視影集更不計其數。

雪萊畫像，Alfred Clint所繪，1819年。

十九世紀前半葉這個浪漫主義的全盛期，特多短命才子。前面提到的一八一六年那個不尋常的雷雨之夜的幾個年輕人，雪萊死於一八二二年，三十歲；拜倫一腔熱血跑去巴爾幹半島替人家打獨立戰爭，一八二四年死於希臘，三十六歲；寫Vampire吸血鬼的波理都瑞更短命，一八二一年就死了，只有二十六歲。瑪麗比較起來要算長壽，於一八五一年病歿，得年五十四。

（二〇〇四年八月九日　聯合副刊）

文學史上最成功的父親
——《傅雷家書》及其他

我多少年播的種子，必有一日在你身上開花結果——我指的是一個德藝具備，人格卓越的藝術家……

一九八六年九月三日，傅雷夫婦逝世的二十周年紀念，與傅雷（一九〇八—一九六六）同代的小說家施蟄存（一九〇五—二〇〇三）寫了一篇悼念傅雷的文章，文中對傅雷有一段言人所未言的按語。他說，傅雷的性格剛直，但年輕的時候剛直近於狂妄，中年以後，經過藝術的涵養加上知識學問的累積，使他成為具有浩然之氣的「儒之剛者」。這種剛直的品德，施蟄存說，在任何社會中都難得見到，孔子都曾慨嘆「吾未見剛者。」

傅雷「剛直」到隨時與人一言不合便拂袖而去；他最後的死，也是一種「拂袖而去」。傅雷本來就自號「怒庵」，一九六六年文化大革命一起，在紅衛兵終於登門抄家，強指他為反革命、謀叛，百般凌辱之後，他飲毒自盡，夫人朱梅馥亦隨後自縊而死。這是傅雷的「最後一怒」，死時只有五十八歲。

但我們如果看傅雷的家書，看他對兩個兒子——鋼琴家傅聰和外語教學專家傅敏，如何在他們自幼及長，不斷寫信跟他們談文論藝、砥礪志節；他們生命中的任何猶疑悲喜時刻，他都借箸代籌如臨現場，這個父親，確實極剛直，然而同時極瑣細、極牽掛、極介入……，這樣的關係而父子依然彼此親愛相依，莫說其他文化不易找到例子，即使在中國文化中，幾乎也可以斷言不會有第二個。這些書信相當早的一封中，傅雷自己也對長子傅聰說：「你從小到現在的家庭背景，不但在中國獨一無二，便是在世界上也很少很少。哪個人教育一個年輕的藝術學生，除了藝術以外，再加上這麼多的道德呢？……我多少年播的種子，必有一日在你身上開花結果——我指的是一個德藝具備，人格卓越的藝術家！」在另一封信中，他又對傅聰諄諄說明，「(我的)家信有好幾種作用：第一、我的確把你當作一個討論藝術、討論音樂的對手。第二、極想激出你一些青年人的感想，讓我做父親的得些新鮮養料……。第三、藉通信訓練你的——不但是文章，而尤其是你的思想。第四、我想時時刻刻隨處給你做個警鐘，做面『忠實的鏡子』，不論在做人方面，在生活細節方面，在藝術修養方面，在演奏姿態方面。」這些，也確實是我們在傅雷家書中一一看到，並且可以說，看到他一一成功做到的方向。

《傅雷家書》在一九八一年出了不到十五萬字的第一版，暢銷的程度連出版商都嚇一跳。其後由於新資料陸續出現——包括當年紅衛兵抄家後堆放在上海音樂學院的一個雜物間，在一九八五年意外出土的書信——《傅雷家書》在一九九八年發行第五版時，已經厚達二十七萬字，發行量則高達百餘萬冊——可以想見，對中國大陸無數單子單女的父母，《傅雷家書》已被當成教子聖經，希望從中學到教出傅聰、傅敏這樣孩子的祕方來。

一九九九年，傅聰的岳父，小提琴大師曼紐因(Yeudi Menuhin)過世，遺孀又送回一批當年傅雷和曼紐因寫的法文書信，內容談的自是多與傅聰相關。《傅雷家書》看來仍有繼續擴充的可能。

因而，是的，三〇到六、七〇年代的讀者，讀的是譯者傅雷筆下數百萬字的西方名著。無數在這期間成長的「別人的子女」，從傅雷翻譯的《約翰·克利斯朵夫》、《貝多芬傳》、《托爾斯泰傳》、《世界美術名作二十講》等百餘萬字作品，讀到他精選的西

傅雷。

方藝文感性和知識，附帶的收穫則是他嚴謹譯筆背後的文字薰陶。至於八〇年代以後的讀者，多半讀的則也許是他們想效法的那位寫家書的父親了。

可惜的是，那個父親自己的立身之嚴、對子女教育之投入，和他一生在古今中外的文學、繪畫、音樂各個領域的涉獵之深，幾乎不會有第二個父親能企及！傅雷、傅聰的親子關係，注定會是一個文化絕響！

就文學史來說，傅雷兼為中國歷史上最重要的翻譯家，最成功的家書作者，以及，幾乎是中國最早以經過西方藝文嚴格薰陶的眼睛來評析當代作品的人——他在四〇年代所寫的〈論張愛玲的小說〉，對這個「在你冷不防的時候出現」，「教人無論悲喜都有些措手不及」的新秀的分析，六十年後讀來，依然如敲響一記高音的鑼鈸，既是前導，且餘音不絕。

（二〇〇四年九月六日　聯合副刊）

佛洛依德理論那種死法……

——告別李維和德希達

德希達對死亡一直「耿耿在意」——至少，他對死亡的拒斥比別的名人坦白。他嘗自述不斷經驗自己的死亡，像電影鏡頭一樣，看見自己駛過十字路口，然後……

剛過去的這兩個星期，有兩個人離開這個世界，在不同的領域帶來震撼。一個是演活了漫畫「超人」的美國影星克里斯多福・李維(Christopher Reeve, 1952-2004)，一個是當代最有爭議性，也最具影響力的法國文學理論家德希達(Jacques Derrida, 1930- 2004)。

李維雖是演員，跟文學的關係其實不淺。他父親Franklin Reeve是俄國文學學者，也是詩人和小說家。李維從小著迷演戲，但在康乃爾大學念書時雙主修音樂和英國文學。他並且是畢業時僅有的獲選到茱麗亞音樂學院深造的兩名學生之一(另一名是後來也在電影事業大放異彩的羅賓•威廉斯〔Robin Williams〕)。李維的「超人」形象風靡全球，九年前因騎馬摔傷造成癱瘓，在近於「有知覺的植物人」的情況下過了九個年頭。其間李維成立基金會，致力於推動幹細胞研究，希望為癱瘓患者帶來生機。一週前(十月十日)李維終於過世，心願雖未了，他所成立的資源龐大的基金會，相信在這個醫療領域會帶來後世的福祉，成為他在人間的遺愛。而對很多中年人來說，隨著李維去世，他所塑造的成長記憶中的英雄偶像，恐怕已是無可取代的了。

至於德希達，則堪稱文學界跨越二十和二十一世紀的一大「現象」。德希達是後現代主義各流派中的顯學——解構(deconstruction)學派的宗師。十月八日德希達因胰臟癌過世，法國總統席哈克發表悼唁，稱譽德希達是「世界公民」、「法國給予這個時代的，一個最偉大的思想家和最重要的知識領袖」，並指出「他在作品中尋求一個作為所有思想底層的自由通連(sought to find the free movement which lies at the root of all thinking)」。

「解構主義」的理念是不是「所有思想底層的自由通連」，學界的看法可能見仁見智。但「解構」的基本信念是，任何訊息都不會僅有單一的詮釋。因而作者不能決定自己作品的意涵，任何文本也必然具備多重旨意。德希達的學說可以說解放了詮釋的侷限，但也招來「否定派」、

「虛無主義」一類的責難，被視為佛洛依德、尼采、海德格這類「反哲學」思想家的傳人。

德希達形象耀眼、著作源源不斷。一九六七年他出版了日後被視為解構經典的《論文字》（*Of Grammatology*）和《書寫與歧異》（*Writing and Difference*）之後聲譽鵲起，迄今學術著作超過五十種，以他為研究對象的書超過四百本、歐美學位論文千種以上。解構的意念更幾乎侵入了所有思想和藝文領域，甚至重重影響到當代建築的風格和構造。然而，爭議性也是德希達廣受矚目的原因。德希達引發的學術論戰持續不斷，史丹佛大學的文學教授John L'Heureux曾在一本以德希達為影射對象的小說裡戲稱他的世界是「美麗的學術新世界」（brave new academic world），用的當然是赫胥黎《美麗新世界》的反諷典故。一九九二年劍橋大學要頒榮譽博士銜給他，也引發激烈辯論，最後史無前例地動用了表決，才以三三六：二〇四過關。

德希達對死亡一直「耿耿在意」——至少，他對死亡的拒斥比別的名人坦白。他嘗自述不斷經驗自己的死亡，像電影鏡頭一樣，看見自己駛過十字路口，然後……。前兩年罹患胰臟癌後，他接受法國《世界報》（*Le Monde*）專訪，也坦率地說：「學習活就是學習死。……但我越來越學不會死，在死亡的智慧上，我真是孺子不可教（uneducable）！」這倒使我們要想起，九〇年代文學界有不少聲音宣告「解構已死」。批評巨擘史坦利・費許（Stanley Fish）則說：「解構的死是佛洛依德理論那種死法。」德希達怎麼回應呢？他說：「佛洛依德不是說麼，死者的力量往往更大

（如已逝的父母），更可怕（如鬼魂）。」

德希達逝矣，但焉知他的死不會是「佛洛依德理論那種死法」呢？

（二〇〇四年十月十八日　聯合副刊）

「我們必須想像薛西佛思是快樂的……」

——卡繆與存在的荒謬

只有作家，單單把世人共有的歡愉或痛苦用他獨有的方式描繪出來，便能牽動無數的人。作家因而無權與世隔絕，他必須服膺於最卑微也最普世的真理……

卡繆（Albert Camus, 1913-1960）的《異鄉人》（*L'Etranger*）在一九四二年出版，當時他二十九歲。這本書成為二十世紀的經典名著，不僅暢銷，而且影響深遠。

卡繆有明星臉。《異鄉人》出版那年，電影經典《北非諜影》（*Casablanca*）首映。卡繆和男主角亨佛萊・鮑嘉（Humphrey Bogart, 1899-1957）外貌的神似，立刻就吸引了媒體和攝影家的注目。巧的是卡繆本人和鮑嘉在電影裡所飾演的角色Rick也相似，當時都參與地下抗戰團體，從事對抗納粹入侵的工作。

卡繆還和另一個有幾分神似的偶像演員詹姆士・狄恩(James Dean, 1931-1955)有著不幸的巧合：兩人都在英年死於車禍。

一九一三年的十一月七日，卡繆生於當時法屬的北非阿爾及利亞，一歲喪父，在寡母撫養下艱辛成長，一直到大學的教育，都在阿爾及利亞完成。大學畢業後卡繆在當地一個反法國殖民的報社當記者。二十五歲時卡繆到了巴黎，二次大戰正在進行，他加入地下抗德組織，為《戰鬥報》寫專欄。也是在這段期間，卡繆寫了主要的著作，其中最著名的便是《異鄉人》。《異鄉人》的故事很多人耳熟能詳：男主角Meursault以一種絕對冷漠、無視於道德教條的姿態存在，他不但在喪母的當天，跟女友歡愛，又莫名其妙地在大太陽底下開槍打死了一個阿爾及利亞人，而這些行為既無涉於他是否不愛母親，也無涉於他是否恨那阿爾及利亞人。《異鄉人》通篇表現的是人存在的孤立疏離，和人生處境的荒謬。男主角囚監期間，卡繆用了很多篇幅來描述他生命中許多凌亂跳接的情境，最後也以荒謬的判決讓他被處

諾貝爾文學獎得主卡繆，攝於1957年。

死。

存在的「荒謬」和孤絕，誠然是《異鄉人》的最基本意念，出於類似的信念，卡繆在四〇年代也寫了兩本同情無政府主義的劇本。但卡繆也是矛盾的，哲學理念上對存在荒謬的張揚並不表示卡繆自己能超然於道德判斷或國家意識——否則便不會有從事地下抗德的卡繆。就這點來說，卡繆在一九四五年出版的文集《致德國友人書》（*Letters to a German Friend*）便剖析了自己的道德意識的發展。他的另一個名著，長文《薛西佛思的神話》（*The Myth of Sysiphysus*），其實也可解讀為對這個矛盾的自剖：薛西佛思為了替人類偷到火種，被天神懲罰背負一個永無止期的勞苦，把一顆大石每天從山腳推到山頂，大石自然會滾下來，明天要再重新推上去……。薛西佛思因此從事的是無終點也無任何意義的苦工。這是存在的荒謬，然而，藉由薛西佛思，卡繆說：「推石上山的勞苦便足以充實一個人的心，我們必須想像薛西佛思是快樂的」；他的第二本小說《瘟疫》（*The Plague*）裡，也同樣彰顯了在死亡阻絕的瘟疫之城裡，責任——抗拒災難的努力——的

卡謬在法國Lourmarin墓園的碑，Walter Popp(GNU-FDL)。

意義。

卡繆在一九五七年獲頒諾貝爾文學獎。大會推崇他是一個「具備了不起的純淨、高度專注和理性的文體家」(a stylist of great purity and intense concentration and rationality)。卡繆則自謙不知自己何以能膺此榮寵。但在整篇的得獎演說中，他談的仍是藝術家(作家)的責任，「只有作家，」他說，「單單把世人共有的歡愉或痛苦用他獨有的方式描繪出來，便能牽動無數的人。作家因而無權與世隔絕，他必須服膺於最卑微也最普世的真理。……作家也因而不能自外於艱難的責任；他若不為受苦的人服務，很快地便會喪失他的能力。此時即使暴君動員了百萬大軍，也無法拯救他於孤立——就算，不，尤其是如果他竟是與他們同調的話。……」這話，當然部分也是為提醒聽眾二次大戰的慘痛和作家面對「暴君」應有的姿態，那剛好是他在戰爭中選擇的立場。

五〇年代的卡繆聲望如日中天。訪美時一位美國記者形容他是「耀眼的人物、文學天才、存在主義偶像、東西冷戰中的西方標竿、抗德英雄，還加上亨佛來·鮑嘉的形象和諾貝爾的光環！」但這樣一個人物，一九六〇年在一場巴黎郊外的車禍中喪生，現場草叢中留下他未完成的自傳手稿，得年四十七歲。

卡繆的意外死亡，震驚世界的程度大概只有詹姆士·狄恩和甘迺迪總統之死可以比擬。嚴格說來，劇本、議論文之外，卡繆只寫了三部小說，卻比長他十歲的沙特早八年獲諾貝爾獎，有人因此推論這是後來沙特拒領諾貝爾獎的原因；巧合的是，詹姆士・狄恩一生也只拍了三部片，便兩度入圍奧斯卡，車禍死亡時（一九五五年）只有二十四歲，卻成為美國人永恆的偶像和存在主義時代叛逆的象徵！

在某一意義上，五、六〇年代所以狂飆頹廢又風流蘊藉，是因為那個時代出現的是許多這樣的人物。

（二〇〇四年十一月十五日　聯合副刊）

作家消逝・「推銷員」不朽

——回顧亞瑟・米勒

米勒說：悲劇，無非就是一個人以他認真地評判自己的全部力量，來展現他不容損傷的意志，以成就其為一個「人」……

美國當代最重要的劇作家之一亞瑟・米勒(Arthur Miller, 1915-2005)在這個月的十日病逝，享年八十九歲。他逝世的次日，紐約百老匯所有的劇院，在通常戲要開演的晚上八點，一起熄燈，送別遠行的大師。

大眾最記得米勒的，大概是兩件事，一是他曾和好萊塢明星瑪麗蓮夢露維持四年多的婚姻，另一件，他寫過一個有名的劇本《一個推銷員之死》(*Death of a Salesman*)。對文學世界來說，米勒一生儘管劇本創作超過二十種，此外尚有若干短篇故事和論文、自傳，但使他不朽的，可以說就是他筆下的那位小人物推銷員威利・婁曼（Willy Loman）；甚至，他的最有名的論述文章，〈悲劇與平凡人〉（"Tragedy and the Common man"），也是一九四九年這個劇本在百老匯首演時，米勒面對文學界對主角婁曼究竟能不能稱為「悲劇英雄」的質疑，而在《紐約時報》寫的辯護文章。

米勒對「悲劇英雄」的重新定義，從此也改寫了西方戲劇傳統的一個重要成規。西方從希臘羅馬時期到文藝復興以降，兩千多年之間傳誦的悲劇經典，主角即使不是帝王將相，如伊底帕司王（Oedipus）、凱撒大帝，也必是身分高貴的人物，如米蒂亞（Medea）、羅密歐與茱麗葉。這些角色地位的高於常人，使得他們不管是和命運掙扎，還是因為自己性格的缺陷而一步步陷落敗亡，其力道與引發的哀憫恐懼，都可能格外撼動人心，悲劇角色非這些人莫屬，也就儼然成為定律。

亞瑟・米勒，U.S. State Department。

然而一九四九年，三十三歲的亞瑟・米勒寫了《一個推銷員之死》，創造了一個小人物威利・婁曼，這個戲在百老匯連演了七百四十二場，並且一口氣拿下東尼獎、普利茲獎、紐約劇評人獎……。推銷員婁曼顯然打動了無數專家、觀眾和讀者的心，他還不是悲劇英雄嗎？在前面提到為這個問題而寫的長文〈悲劇與平凡人〉裡，米勒說，平凡人也足當最高層次的悲劇英雄，一如一個國王然，「我們的悲劇感情，來自於看到劇中人物為了保存他的個人尊嚴而不惜一死。」也因此，米勒說：「悲劇，無非就是一個人以他認真地評判自己的全部力量，來展現他不容損傷的意志，以成就其為一個『人』。」在這個意義下，六十三歲的推銷員婁曼，固然是個充滿缺陷的人，但他珍視生命中美好的時刻、期待兩個兒子出人頭地，只是終究事事落空，最後連工作也保不住，他想到自己有兩萬保險金可以留給兒子，竟拒絕了好朋友給他找的工作，獨自開車，肇禍赴死……。在距離美國的經濟大蕭條未久的四〇年代，美國觀眾必然從婁曼的掙扎無助中，觸動了自己對抗外在世界變動時煢然獨立的悲情，也看見人無分貴賤的愛子之心。婁曼儘管是個卑微愚昧的角色，其行止卻在在是人性。

米勒一直到八十九高齡逝世前，猶活躍於文壇，享有相當長的創作生命。他在少年期經歷了經濟大蕭條，家道一夕落入貧困，顯然是後來推銷員一劇的背景。一九八三年，米勒和他的第三任妻子，攝影家Inge Morath 赴北京親自執導中文的《一個推銷員之死》，由名演員英若誠和北京人民藝術劇院演出。過後他將整個過程作了詳細紀錄，題為《「推銷員」在北京》（“Salesman”in

Beijing），「推銷員」一詞在此一語雙關，米勒自謂也同時「推銷」了西方劇場的觀念和演出，尤其是對剛走過慘痛的文革的中國劇場，他說，要他們接受人性不都是非黑即白，小人物婁曼雖有性格和道德瑕疵，依然是可敬的悲劇英雄，「可要大費唇舌」。

但就米勒的記載和諸多報導看，劇裡劇外的「推銷員」都震動了當時的北京。米勒一向不大參與自己作品的演出（此劇一九八四年在百老匯捲土重來，由達斯汀・霍夫曼飾演婁曼。首演終場謝幕時，在觀眾不絕的掌聲中，達斯汀要求米勒現身接受歡呼，才發現米勒已經離開了——他甚至沒有在場看完自己隔了三十五年重演的首場）。相較之下，北京之行米勒真是罕見地扮演了一次超級推銷員。這個「推銷員」，如今走入了歷史，但他創造的推銷員，必然仍會時時活躍在世界某處的某個舞台。

（二〇〇五年二月二十三日　聯合副刊）

遊戲於兩大語文之間

——林語堂的寫作生涯

《林語堂當代漢英詞典》在一九七二年十月出版……我們不為查字，單是去看一個中英文雙絕且腹笥廣闊的語言學者，在兩大語言之間機巧橫生的轉換遊戲，便已是莫大享受……

一九七六年的三月二十六日，林語堂病逝香港，享年八十二歲(一八九五—一九七六)。

在近代文學史上，林語堂有好些獨特的地方，第一，他是迄今在英語世界著作最豐、銷售最廣，影響也最大的中文作家，並且中英文著述兼擅；第二，除了是作家，他也是語言學者，二十八歲獲德國萊比錫大學語言學博士；三十歲發明「漢字號碼索引法」；三〇年代，他所編著的開明英文讀本，為全國普遍採用，影響深遠；他也是林氏「國語羅馬字」拼音的發明者，這套音標雖然當時沒能取代威妥瑪氏（Wade-Giles）音標，現在更不可能取代北京所推行的漢語拼音，可說已永遠失去先機，但卻是同時能辨別國語四聲的一種漢語音標系統，很見設計者的巧思；第三，林語堂也是發明家，四〇年代，他設計出第一部中文打字機，並創造了中文打字的第一種輸入法，可惜時值二次大戰，未能推廣。為了投入製作這部打字機，林語堂不僅傾家蕩產，還因財務而跟他的長期文友，也是諾貝爾文學獎得主賽珍珠(Pearl S. Buck)反目絕交；第四，大陸淪陷後羈留海外的三〇年代知名作家中，林語堂大概是唯一一位在政府遷台多年後返台定居者(學者則尚有錢穆先生；藝術家有張大千先生)。林氏於一九六五年決定返國定居陽明山，是當時文化界的大事，中央社特別延請撰寫《無所不談》專欄，每篇在多家報刊同步刊布(略如西方的syndicated方式)，此舉在台灣不僅空前可能也絕後。英文的方塊短文column在中文裡得「專欄」之名，似也是自此時開始，前

林語堂，1939年。

此報章議論短評，多半依其體裁稱「方塊」、「小品」，或依其性質稱「隨筆」、「雜文」。

林語堂一九三五年在美國出版了第一本英文著作*My Country and My People*《吾土吾民》，一舉成名。但作品中最暢銷，譯本也最多的應是*The Importance of Living*《生活的藝術》。這本書在一九三七年出版，不僅高居《紐約時報》暢銷書榜首達五十二週之久，知名的《紐約客》雜誌還為未及時刊出書評，向讀者致歉。近半世紀後，老布希、柯林頓總統都曾自承林語堂的著作是他們認識中國的重要入門。當然，從華人的觀點，我們得承認這些給外人看的書有點理想化了「中國心靈」。我們得把林氏的中文著作，尤其是三〇年代《語絲》、《論語》等刊物裡嬉笑怒罵評騭時事的雜文合讀，才能夠了解像林語堂這樣學兼中西的知識分子，他們身處民初動亂貧困、民智固然未開、「官智」更加未開的社會，一方恨鐵不成鋼，對內不能不「站在屋頂上鴉鴉地啼」；一方又深受傳統文化的薰陶，愛其歷史累積的沙中金鑠。因此，理想儒者的剛毅負重、道家的曠達寧靜、百姓黎民的苦難堅忍……成為他們對外時所以值得為這個文化的負載體——國家——奮鬥發言的理由。林語堂如此，胡適亦復如此。林語堂在北洋軍閥時代批評時政，被段祺瑞政府通緝，從北京逃到廈門；大陸淪陷後在國際上為文批判共產集權，遭到西方左派學界攻擊……，迥非他自己理想中那個優游人間，閒適超脫的理想文人境遇。

一九七五年，林語堂寫了一冊簡約的自傳*Memoirs of an Octogenarian*《八十自敘》，在最後一章裡他清點畢生著作，計有英文著作三十六種，中文評論合集三種。他自認寫了幾本好書：除了前面提到的《吾土吾民》、《生活的藝術》外，還有*The Gay Genius*《蘇東坡傳》和七本小說。林語堂尤其得意於*Moment in Peking*《京華煙雲》，這是一本《紅樓夢》式的章回小說，用一個家族故事去呈現從八國聯軍入京到對日抗戰的動盪中國，其中女主角木蘭寄託了林語堂的女性理想，木蘭的父親姚老先生則是他心目中道家恬淡通達的人物典範。

林語堂的寫作生命長於多數中文作家，返台定居時他七十歲，未久尚應香港中文大學之邀，主持編纂《當代漢英詞典》，歷時約六年。《林語堂當代漢英詞典》在一九七二年十月出版，首版印製之精美與內容之豐富有味，在同類詞書中都無出其右。可惜檢索系統不夠好用，用現在的說法，就是不夠user friendly，影響推廣，是美中不足，次版方作改善。現在全書放置在中大的圖書館網站上供人自由瀏覽查閱。我們不為查字，單是去看一個中英文雙絕且腹笥廣闊的語言學者，在兩大語言之間機巧橫生的轉換遊戲，便已是莫大享受。這樣的學力才情，求之於現世，固然是沒有了，求之於後世會不會有，恐怕也是極大的疑問。這麼想著，不免教人頓興斯人已遠的感傷了。

（二〇〇五年二月二十三日　聯合副刊）

文學史上最有名的爭議書

——福樓拜和他的《包法利夫人》

他雖然安排了艾瑪的死亡，卻不是為了使《包法利夫人》變成一部警世小說，而是使讀者同情一個世所不容的蕩婦，她的一往無悔的愛和欲望……

十九世紀後期以來的重要小說家，很多都不憚於承認自己深受《包法利夫人》（*Madame Bovary*）一書的影響。因寫《羅麗塔》（*Lolita*）而聲名大噪的生物學家兼小說家，納博科夫（Vladimir Nabokov, 1899-1977）甚至說，沒有寫《包法利夫人》的福樓拜(Gustave Flaubert, 1821-1880)，就沒有法國的普魯斯特(Marcel Proust, 1871-1922，《追憶似水年華》作者)；也不會有愛爾蘭的喬伊斯(James Joyce, 1882-1941，《尤里西斯》、《都柏林人》作者)或俄國的契訶夫(Anton

Chekhov, 1860-1904，《海鷗》、《櫻桃園》作者）。《包法利夫人》的影響幾乎一開始就是世界性的，近年在美國屢獲大獎的華裔作家哈金，也把《包法利夫人》列為對他影響最大的文學經典。

但文學史上，《包法利夫人》大概也是最有名的一本引發爭議的文學作品。

福樓拜肖像，Tucker Collection, New York Public Library Archives。

一八五七年初，福樓拜完成了《包法利夫人》手稿，洽妥了出版商，但隨即被法庭以不道德、大眾不應接觸為由起訴。同年六月二十五日，是福樓拜作為被告出庭的日子。這個案子，判決書最後以書中若干情節場景雖「觸犯了公眾及宗教道德、違背善良風俗」，而且「作者對文學有其不可踰越之道德界限欠缺認知」，但「念其比例尚不致否定全書之美好，姑免其罪責。」《包法利夫人》算是有驚無險地通過了出版檢查。

福樓拜無罪，等於說女主角艾瑪(Emma，包法利夫人的本名)無罪。福樓拜自己也說過，包法利夫人就是我(Madame Bovary, C'est Moi.)。這一對創造者和被創造者真被赦免了嗎？恐怕未必。

在某一意義上，是福樓拜的小說藝術（「全書之美好」）使書中的「不道德」獲得法外開恩，「姑免其罪責」，而不是福樓拜和艾瑪的道德觀獲得許可。這也許就是好作品的力量：《水滸》寫江湖罪行，《三國》寫政治險詐，但是，是「全書之美好」消除了我們對這些書可能的道德批判，甚至因為作者看見的更廣闊的人間百態，我們從中體會到非單純道德所能涵蓋的世相與真理。

十九世紀中葉的巴黎，其實不能釋然於有一個老實勤懇的丈夫的艾瑪，一再陷入跟其他男子的戀情；更不能接受福樓拜對她的情慾的描寫的露骨，用當時的檢查禁忌的話，就是他違反了「開門政策」——作者只能寫門開著能看見的事，門裡景象只能點到為止，讓讀者自己想像。但更大的罪過是福樓拜居然明顯同情艾瑪，他雖然安排了艾瑪的死亡，卻不是為了使《包法利夫人》變成一部警世小說，而是使讀者同情一個世所不容的蕩婦，她的一往無悔的愛和欲望。

《包法利夫人》被認為是現代小說的開端。福樓拜把浪漫主義拉回寫實層面卻超越善惡是非，進入人性幽微的境界。在某一個意義上，眾多文學作品中的出軌婦人，都是一個艾瑪：《水滸》裡的潘金蓮，蕭潘(Kate Chopin, 1851-1904)筆下的Adele，甚至錢鍾書的短篇經典〈紀念〉裡的曼倩……，如果我們讀她們而有道德以外的寬容，部分也許正是福樓拜為她們爭取到的。

十九世紀被禁的名著還有波特萊爾的《惡之華》(*Les Fleur du mal*)、達爾文的《進化論》、雨果的《悲慘世界》、惠特曼的《草葉集》等，今天回看都是世界級名著——接受文學的態度，原也是人類進化最真實的刻痕！

（二〇〇五年六月一日　聯合副刊）

文學史上不朽的頑童

——馬克・吐溫筆下的小英雄

《湯姆歷險記》是溫暖有趣的童書，《頑童歷險記》卻是公認的偉大經典，且超越童書，傳達成人一樣受教的真理……

人人說馬克・吐溫(Mark Twain, 本名Samuel Langhorne Clemens, 1835-1910)是幽默大師，那是因為他善用滑稽突梯的語言嘲諷世相，又因為他的生計包括了演講，因而有很多機會使出逗樂聽眾的本領，嬉笑怒罵，留下大量名言雋語。然而馬克・吐溫連樂觀的人也不是，他幼年喪父，失學而必須去當印刷學徒，歷經世態冷暖；處在南北戰爭前的美國，他也看見種族的偏見和白人行為的墮落，又不耐於教會的庸俗，傳教士的偽善。這些都是他機巧百出、口誅筆伐的目標。

馬克・吐溫創造了兩個頑劣的小孩，一個叫湯姆・索耶(Tom Sawyer)，一個叫哈克伯理・芬

（Huckleberry Finn，暱稱「哈克」Huck）。如今全世界任何一個角落都有人認識他們。但是以他們為名寫成的書，卻也是少有的，從問世到現在一百多年來，每個時代都有人杯葛或禁讀的童書。美國仍有圖書館迄今不准以哈克為主角的《頑童歷險記》（*The Adventure of Huckleberry Finn*, 1885）上架，最大的理由是這本書種族歧視和教壞囝兒大小。

《頑童歷險記》裡面出現了兩百多次現在已成語言禁忌的nigger（黑鬼），黑白兩方都覺刺耳。故事裡除了小孩，也幾乎沒有形象正面的白人，他們不是想搶小孩錢的酒鬼，就是盜墓賊、殺人犯、江湖騙徒……這不是歧視白人嗎？贊成禁這書的人說，小孩在書裡讀了兩百多遍nigger，關上書你能要他不講嗎？書裡的小孩逃學、撒謊、講髒話、抽菸，全是壞榜樣，能讓孩子看嗎？這些爭議，從一八八五年書一出版就沒停過。

但另一方面，《頑童歷險記》被認為是第一部以美國口語寫成的小說，證明最俚俗的美國英語也可以成為上乘創作語言。海明威甚至說，所有的美國

哈克伯理與兔子、槍，1884年版本插畫。

現代文學是始於馬克・吐溫的一本書，Huckleberry Finn！帶壞小孩嗎？雷根總統有相反的意見：

「我多希望我們的學校能教給孩子，像哈克在小木筏上優美地航過密西西比河一樣的能力，航過他們的人生；教會他們像哈克一樣痛恨偏見、愛周圍的人，尤其是愛他的大朋友Jim。」——Jim是哈克所救的一個黑人奴隸。事實上不待鼓吹，《頑童歷險記》從一百二十一年前出版，就是熱銷書。美國公共電視在公元二○○○年作過估計，這書在全世界已有超過六十種譯文，七百種以上的外文版本。

以另外一個頑童湯姆為主角寫成的《湯姆歷險記》（一八七四）就沒這麼大的爭議。主要因為湯姆生長在正常溫暖的家庭，他的調皮搗蛋是一個「正常」小孩的調皮搗蛋。《湯姆歷險記》裡幾個場景已成經典，一個是他被大人指派粉刷圍籬，為了偷懶，竟然誆得路過的小朋友把蘋果送他，換取粉刷圍籬的工作。湯姆不但自己逍遙，還賺了蘋果。另一個可愛的插曲是湯姆喜歡新轉學來的同班女孩，有日女孩不小心撕壞老師寶貝的書，老師興師問罪時，湯姆很英雄地說是自己撕的，結果捱了

馬克・吐溫。

老師狠狠幾鞭子。過後女孩感激地對他說：「湯姆，你怎麼能這麼高貴！」把疼痛一下全忘掉的湯姆，回家的路上經過一個池塘，對著池裡自己的倒影也問：Tom, how could you be so noble!

《湯姆歷險記》是溫暖有趣的童書，《頑童歷險記》卻是公認的偉大經典，且超越童書，傳達成人一樣受教的真理。哈克不像湯姆，他沒有家沒有母親，父親是酗酒的無賴；他不但沒機會受學校教育，也沒家庭教養可言。這個講髒話的小鬼是街坊所有父母的頭痛，卻是他們的孩子的英雄。在《湯姆歷險記》裡他只以湯姆好朋友的配角身分出現，到了《頑童歷險記》，哈克開始挑大梁演出。馬克・吐溫其實把自己成長的經驗和人生的信念都藉這個十三、四歲的小霸王來表演；給了他自己自幼熟悉的密西西比河作舞台，融會了混雜黑人口語方言的聲音情態作他的發聲。書是以哈克為第一人稱敘事的，讀者因此有機會看這樣一個語言沒有章法顧忌、不避俚俗，心性上迷信又機智，本質裡則溫厚、充滿正義感的少年，表演他的流浪和冒險。

使哈克的歷險臻於偉大，是因為我們知道他的局限。他所處的環境是以黑人為奴的，奴隸並且在法律上屬於他的買主，哈克自然也習慣於周遭的人怎樣對待黑人，他甚至被灌輸了幫助黑奴逃跑會下地獄的觀念。但當他無意間發現了逃跑藏匿的Jim，跟Jim建立了友誼，他的人格當中的善念和是非判別，使他進入心理掙扎，這是一個美麗的過程，而哈克所作的決定必須以一路的木筏溯河、風聲鶴唳的艱險來完成。類似的例子也發生在哈克看到一個搶匪被誣陷為殺人兇手，雖然挺身作證將冒著被真凶報復的危險，哈克還是挺身而出。而因為是第一人稱，我們只須面對過程和它的完成，沒有說教沒有自矜。這是《頑童歷險記》敘事策略的動人之處。馬克・吐溫在故事裡教給「囝兒大小」的，絕對遠遠抵銷了他讓哈克有血有肉地抽菸、講髒話的壞榜樣。

馬克・吐溫十幾歲就發表作品，但《頑童歷險記》出版時他卻已經五十歲了。他顯然不是只為寫一本感動人的故事，而是他的人道信念在人生歷程中終於累積到要發而成為這樣一個作品的時候。一八六〇年代馬克・吐溫曾在舊金山擔任報社記者，對當時白人任意欺凌當地華人的現象便一再為文發不平之鳴。他的人道精神顯然一以貫之，而少年哈克，正是他半百之際終於召來負載這個精神的血肉。百餘年的爭議依然不能搖撼哈克伯理・芬的經典地位，原因正在於這個不朽的頑童，具備鋼筋銅骨，代表了人道永恆的價值。

（二〇〇六年八月二十三日　聯合副刊）

文學史上永恆的成人啟蒙童話
——人人都愛《小王子》

《小王子》的讀者一邊讀一邊聽見自己心裡的堅冰崩落融解，久已遺忘的溫柔重新滋長出來。一本小孩的書，結果是寫來呼喚藏在每個成人心裡面的孩子的……

理論上，《小王子》(*The Little Prince*, 1943)是童話，但它的法國作者聖‧修伯理(Antoine de Saint-Exupery, 1900-1944)卻讓他筆下這個一頭金髮、長圍巾飄揚在風裡的小男孩給了成人很多訓誨，包括指點大人想法的錯誤，包括轉述他自己從他的小狐狸朋友那裡得到的啟發，包括他從愛一朵玫瑰學到的「愛」。結果是，所有成人都著迷了。他們都不在乎在小王子面前承認，是的，我被成長變得太世故遲鈍了，變得不明白小孩畫的一個像帽子的圖其實是蟒蛇吞了一隻大象變成的樣子，也變得不關心美麗的玫瑰努力長出幾個刺是多麼嚴肅重要的事，當然更不懂得，何以小狐狸成為小王子的朋友之後，那片和他頭髮顏色相像的麥田從此便對牠有了特殊的意義。

《小王子》的讀者一邊讀一邊聽見自己心裡的堅冰崩落融解，久已遺忘的溫柔重新滋長出來。一本小孩的書，結果是寫來呼喚藏在每個成人心裡面的孩子的；讀了《小王子》的人覺得重新得到啟蒙，這本書也成了《聖經》之外全世界印量最大、譯本也最多的單一書籍。出版六十三年來，《小王子》已經有了超過一百七十種語文的翻譯，最近的譯本是去年巴拉圭一個除《聖經》以外從沒翻譯過任何其他書的方言。即使中文譯本，也不只我們眼熟的國語，還包括了客家語翻譯，「喔！小王子啊！𠊎漸漸仔瞭解你在過个小生命个祕密哩……」——世界上的文字，還通用而沒拿來翻譯《小王子》的，大概已經不多了。

但是，聖．修伯理並沒多少機會看到小王子得到的愛戴。《小王子》一九四三年先出了英文本（法文本在一九四六年才出版），次年，這個本職是飛行員的作者在一次出航後再也沒有回來。飛機顯然是失事墜毀了，但並沒有找到遺骸；飛機被德軍擊中的猜測也無法證實，因為在可能的失事時地，德方並沒有任何擊落敵機的紀錄。可是，還這樣年輕的時候用這樣的方式消失，可不是完全符合《小王子》的作者該有的神祕浪漫嗎？一直到半個多世紀後，一九九八年，一個法國漁夫在馬賽港南邊的海裡撈到一個銀手鍊，上面刻有聖．修伯理的妻子和出版人的名字，大眾先以為是個騙局，最後證明了確實是聖・修伯理遺物。再過六年，二〇〇四年，法國政府的海下考古部門正式宣布他們二〇〇〇年在馬賽港外海撈起的一具飛機殘骸，確實就是聖・修伯理當時所駕的洛克希德Lockheed F-5偵察機。聖・修伯理死亡的謎題到此才算解了。

來自B-612號小行星的小王子，刻意讓毒蛇咬死以便回到他的星球去見他思念的玫瑰。故事裡讓他的軀體在死後神祕地消失不見。聖・修伯理自己的死亡，在某一個意義上幾乎拷貝了小王子的結局！

1935年聖・修伯里站在自己墜毀於撒哈拉沙漠的飛機旁。

現實裡，在這次失事之前，聖・修伯理已經經歷過好幾次飛機失事。其中一九三五年在撒哈拉沙漠出事而且飲水斷絕的一次，使他寫出另一本也頗受矚目的探險自述《風，沙，星辰》（*Wind, Sand, and Stars*）。《小王子》以敘事者所駕飛機在撒哈拉沙漠出事迫降為故事背景，顯然也有得自這次意外的靈感。但《小王子》基本上是一本教誨書，何以能不但不像眾多想給讀者教誨的書一樣被束之高閣，甚至嗤之以鼻，反而風行全球而且書迷有增無已，還真是一個值得思索的現象。故事背景的沙漠情調，外星小王子的想像，尤其聖・修伯理自己所畫的插圖為小王子作了成功的定型，都必然是原因。但更大的原因可能還在聖・修伯理想「教誨」的，不是我們猜得到的生活教條或行為規範，他提醒讀者的是他假設我們都有而忘記了、遺失了的「想像」和「愛」的能力，尤其他用了那麼簡單又那麼美麗的方式來提醒——

不知從哪裡出現的奇異的小王子，在無邊的荒漠裡，對正為飛機引擎修不修得好、水就快要沒了而焦急不堪的飛行員說教：我簡直不能相信，你現在說話像大人！你說玫瑰的刺無用？玫瑰幾百萬年來都在努力長刺，而綿羊也幾百萬年來都在吃它們，玫瑰和綿羊的戰爭不重要？我的星球上有一朵獨一無二的玫瑰，但綿羊卻可能一口就把她吃掉還不知道自己做了什麼，而你說這不重要?!

「一個人如果愛上一朵玫瑰，千萬星群裡只有那一朵在他的星球上，這便使他在仰望星空時覺得快樂……可是羊卻一口把她吃了，這使得所有的星星全黯淡下來了……而你說這不重要?!」

我們本來大概都跟飛行員一樣覺得修引擎更「重要」，但也許也會跟他一樣，在故事結束，小王子回去後，仰望時發現星空很重要，而且意義再也不一樣了。

《小王子》想宣示的道理是一層層揭示的。要等到我們又知道了狐狸和小王子的故事，我們才又跟他一起理解到，「愛」是從彼此的關聯付出而來的。遇見狐狸的時候，小王子剛走過一片有五千朵玫瑰的花圃。他一直以為他的玫瑰是世界上獨一無二的。如果有五千朵……小王子迷惑了。他覺得孤單無助，要求狐狸跟他做朋友。

狐狸說，如果要跟我做朋友，你得先「馴化」（tame）我，你每天在同一個時間來看我，我們先用眼角相覷，每天拉近一點點距離，漸漸我就會在每天你快到時開始快樂期待，這樣，你就「馴化」了我。我是不吃麵包的，現在那片麥田的金色麥穗對我並無意義，但當你「馴化」了我，有一天你離開了，那片麥田將會對我意義完全不同，因為金色的麥穗會使我記起你的金色頭髮……「重要的東西都不是用眼睛而是用心看的……是你為你的玫瑰所花的時間使得她變成對你獨一無二。你『馴化』了你的玫瑰，你對她也就有了責任……」

小王子因此懂得了玫瑰對自己真正的意義，決定回去。「記得綠羅裙，處處憐芳草」，我們的唐詩人說的不也是金色麥田和小王子金色頭髮的關係嗎？

《小王子》教給讀者的，也許真的都是本然的喚醒，也因而，這書在任何角落，不管說什麼語言，都有無數的人要一讀再讀了。

（二〇〇六年十一月二十九日　聯合副刊）

輯三

作品的華麗切片

浮華與昇華之間
——費滋傑羅與他的蓋次璧

費滋傑羅是一個作品自傳性極高的作者。和蓋次璧一樣，他奮力求取成功，曾經牆上貼了一百多張的退稿單猶努力不懈……

美國小說家費滋傑羅(F. Scott Fitzgerald, 1896-1940)生在一八九六年的九月二十四日，一生只活了短短的四十四年，但充滿戲劇性。從文學史來看，費氏幾乎可視為他的時代的代表人物和悲劇典型。

七〇年代以來，「美國之夢」的研究盛行，而費滋傑羅的名字對許多論者差不多就是「美國之夢」的同義詞。費氏自己從沒說過他寫的是美國的大夢，其所以因緣湊巧代表了美國夢，主要原因應該在於費氏不管是他自己還是筆下人物的一生，其追求與失落、華麗與挫敗，都剛好具備了二〇年代第一次世界大戰後，美國青壯年一代追求成功又失落頹廢，耽溺物欲又理想善感的特質。他的公認代表作《大亨小傳》（*The Great Gatsby*，又譯《偉大的蓋次璧》），以典型的費氏筆觸寫浮華與昇華的人性，尤具美國人樂於認同的象徵意味。

費滋傑羅，1937年，Carl van Vechten攝。

費氏和影響他一生成敗的妻子潔兒妲（Zelda Sayre），也是文學史上著名的才子佳人兼怨偶的故事。《大亨小傳》裡蓋次璧對女主角黛西（Daisy）的癡愛，頗有幾分費氏自己對潔兒妲感情的寫照。小說中的蓋次璧莫名其妙地為了黛西以身相殉，現實裡的費滋傑羅則為應付潔兒妲的揮霍無度和精神疾病，走到潦倒絕望，酗酒早折的境地。然而，情有一至，終身不渝。蓋次璧靠走私不法致富，其所以依然「偉大」便在於他本質裡的一念之癡，而費氏暴露了他筆下人物的所有弱點給我們，卻冠其名曰「偉大」（great），其間並無諷刺之意，而是因為他知道理想的讀者都看得出蓋次璧的可敬。——《大亨小傳》寫成時費氏只有二十九歲，他不會料到，十五年後他自己英年早逝，作品的評價儘管毀譽皆有，然其足以晉升「偉大」的理由，跟蓋次璧確有本質上的相似。

費滋傑羅是一個作品自傳性極高的作者。和蓋次璧一樣，他奮力求取成功，曾經牆上貼了一百多張的退稿單猶努力不懈。此時跟他訂了婚的潔兒妲還因為看不出他的出息而跟他解除婚約。一九二〇年他的第一本小說《此岸天堂》（*This Side of Paradise*，也是一本幾乎完全以他自己在普林斯頓大學念書的經驗為藍本的小說）出版，大獲成功，才終於在同年獲得美人芳心，兩人結為眷屬。婚後這對璧人過著奢華無度的生活。為了維持兩人日日的笙歌熱舞、旅遊宴飲，費滋傑羅寫了大量可以賺取高額稿酬的短篇小說，像《星期六晚郵》（*Saturday Evening Post*）這樣的流行雜誌，付給他的稿酬每篇高達四千美元，超過許多教授當時一整年的薪水。費氏也是第一個替自己開發出這樣的致富之道的作家，雖然也因此而把自己導入了毀滅之途。

蓋次璧用不正當的手段致富，卻保有待人的真誠，心靈深處始終埋藏著對所愛的頑癡；費滋傑羅為賺錢寫作，雖不能叫做不法致富，然而對嚴肅的寫作事業而言仍是不夠高尚的妥協，費滋傑羅顯然有沉重的自覺，他自嘲是為了換取時間來精心創作。事實也證明，儘管生活步調錯亂，他仍持續有好作品出現，包括一九二五年出版的《大亨小傳》，一九三一年的《巴比倫回首》（*Babylon Revisited*）等，但一路走下坡是不爭的事實。費滋傑羅在《大亨小傳》中用旁觀者尼克（Nick）的身分敘述蓋次璧的故事，

潔兒妲，1919年。

一開始尼克便介紹自己庭訓嚴謹，因而待人有度，常常得到旁人的信任，將心事傾吐給他。——這多少是為合理化他和蓋次璧能交上朋友的一種敘事策略，但故事外的費氏自己家教良好也是事實。只是，良好的教養和他個性中顯然也不欠缺的虛榮浮華，終究更使他置身於耽溺和自責的兩端，不得超拔。

一九三〇年潔兒妲潛伏的精神病發作，所愛變色而醫療費用日重，使得費氏借酒解憂的積習益形嚴重。三〇年代末期，費氏因酗酒滋事被拘留，乃至厭世自殺的事，都一再發生，被醫生判定為精神分裂。然而面對這樣痛楚的人生，費氏仍說潔兒妲在他心目中的地位無人可取代，也仍努力供應獨生女Scottie良好的教育。他晚期給女兒寫的許多自責自惕，滿紙傷感的信，隔代讀之仍使人鼻酸。

費氏於一九四〇年死於心臟病發，潔兒妲則在八年後死於精神病院大火。一對璧人悲劇以終。但，我們看見費滋傑羅也是自己筆下的蓋次璧——溫情、懷著夢想，上進卻又妥協，敗給了命運卻仍能得到知者的理解和敬意。這些，無疑觸動了美國之夢眾多解讀者不同角度的情感認同。

（二〇〇四年九月二十日　聯合副刊）

我盡了本分了，世界不會忘記……

——貝兒娜傳奇

普魯斯特在其名著《追憶似水年華》中，有一大段描寫女伶La Berma的演出，其實寫的便是貝兒娜……

歷史上第一個因舞台演出而轟動大西洋兩岸的人，應該是法國戲劇女伶莎拉・貝兒娜（Sarah Bernhardt, 1844-1923）。貝兒娜留下來諸多傳奇，固然前所未有，日後大概也難有人再能超越。貝兒娜所處的十九世紀下半葉到二十世紀初，一方面，正好是歐洲文明繁複的頂點，貝兒娜不但以戲劇表情豐富著稱，服裝道具之華麗多樣，也成為她的時代的見證；而工業革命所帶來的運輸之便，也使講究的巡迴演出終於能夠成行——除了赴北歐、英倫、澳洲演出之外，從一八八〇到一九一八年，貝兒娜單跨越大西洋巡迴美國演出就達十次之多，觀者趨之若鶩，清教徒教會則對她的魅力大感驚慌，以魔鬼、敗壞人心視之；另一方面，女性意識的抬頭，鋪好了這女子既傾倒眾生又特立獨行的可能，貝兒娜不但演小仲馬筆下淒美的茶花女、演根據莎劇改編的冶豔的埃及妖后，她也反串男角——《王子復仇記》裡的哈姆雷特、《威尼斯商人》裡放高利貸的猶太商人她都演過。

貝兒娜，Paul Nadar攝，1878年。

貝兒娜也為自己寫演出的劇本，並且在繪畫和雕塑上都有相當成就。她又好穿男裝，且是最早乘坐熱氣球升空的人之一；最傳奇的是她訂製了一副棺材放在屋裡，常常躺在裡面狀如已逝，現在還留有她躺在棺材裡的照片——當然花容玉貌，而不是七十九歲真正要入土時的形象。貝兒娜也以語言機敏著稱，在美國演出時有個攻擊她最力的教會寫信罵她。貝兒娜回信附了一張兩百元的支票，說「我本來預定要花四百元宣傳費，謝謝你們幫我完成了一半」。連詞鋒銳利的王爾德（Oscar Wilde）都留下被貝兒娜「打敗」的故事。

但貝兒娜同時以慷慨著稱，她常大筆捐助慈善團體，一八七〇年普法戰起，貝兒娜甚至把她簽約演出的Odeon戲院改成醫院以收容傷兵，戰爭結束後方再復原。

貝兒娜的時代，美術風格嬗變，工業革命則帶來許多影視工具的突破。此時畫家不只畫莊嚴的油畫肖像，新藝術（Art Nouveau）風的華麗海報正適合捕捉她的舞台風情；剛剛發明的攝影和電影技術，則使貝兒娜不但留給後代許多照像，甚至還拍了三部默片。一八八〇年她到美國演出的時候，愛迪生且曾親自在他位於紐澤西的家中，用還在試驗階段的錄音技術替貝兒娜錄下她演出的《菲特爾》（*Phedre*）。

這個最早的錄音現在可能不在了，但後來貝兒娜又陸續作了一些戲劇錄音。貝兒娜演出所以顛倒眾生，據說除了姿態傳神、情緒的投入扣緊觀眾心弦，她的聲音尤其動人，金嗓、銀嗓的稱號都有。普魯斯特（Marcel Proust）在其名著《追憶似水年華》（*A la recherche du temps perdu*）中，有一大段描寫女伶La Berma的演出，其實寫的便是貝兒娜。少年普魯斯特寫他常在香榭麗舍大道張貼《菲特爾》戲劇海報的圓柱前徘徊，後來好不容易藉了關係終於能進劇院觀賞。普魯斯特形容看見貝兒娜在舞台上出現時

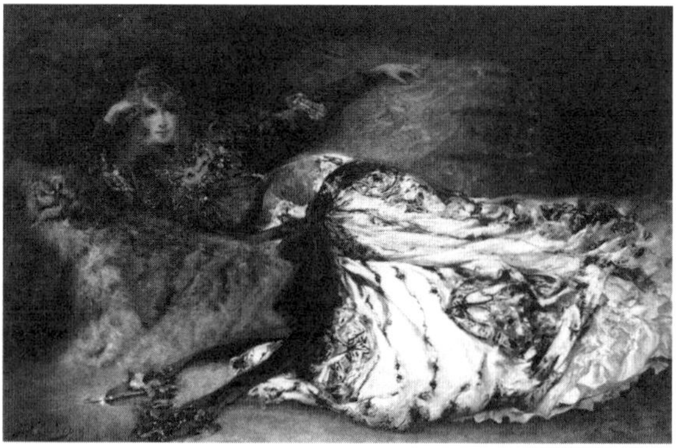

1871年Georges Jules Victor Clairin(1843-1919)所繪貝兒娜像。

他的心情：

> 我害怕有人開窗讓她覺得不適；害怕有人搓揉節目單干擾她的台詞；害怕人們掌聲不夠熱烈使她不悅。……此刻起，劇場、觀眾、演員、劇本，甚至我自己的身體，都只是聲音的媒介，只有當它們有助於她的聲情起落時才有價值。……

慕夏所繪貝兒娜演出《茶花女》海報，1896年。

普魯斯特這樣忐忑不安地在劇場裡把《菲特爾》看完，莫名地激動，「覺得就這樣回家簡直像是被流放」，只期盼回到家還能「找人談貝兒娜」。

普魯斯特是敏感且神經質的。但當時對貝兒娜傾倒的人大概無所不在，正式成為入幕情人的就包括了比利時王儲、寫《悲慘世界》的雨果(Victor Hugo)和後來繼位為英王愛德華七世的威爾斯王儲等等。連怪誕的王爾德都跟她有長達二十年的交誼。王爾德留有題為〈菲特爾——獻給貝兒娜〉("Phedre-To Sarah Bernhardt")的詩，說世界若少了貝兒娜的言談行跡，將多麼空虛無趣！

一九〇五年，貝兒娜在排演為她所寫的《托斯卡》（*Tosca*）時傷足，惡化至一九一五年，終於鋸去一腿。但裝了義肢的貝兒娜，雖然已經年逾七十，依然活躍在舞台上，坐著輪椅演出。一九二三年三月二十七日貝兒娜腎疾不治。次日《國際前鋒論壇報》（*International Herald Tribune*）為她發的訃文，除說明最後四名醫生搶救無功之外，也記下她臨終的話：「縱然離開，我盡了本分了，世界不會忘記的。」（"Even if I leave, I have done my duty, and the world will not forget."）

貝兒娜跟捷克籍的新藝術畫家慕夏（Alphonse Mucha，二〇〇二年台北歷史博物館曾辦了他的特展）有長期合作關係。慕夏知名作品中，很多都是貝兒娜的演出海報，二人可說相得益彰。世界會記住的貝兒娜，必然包含了另一個藝術家慕夏的心血。

（二〇〇四年十月四日　聯合副刊）

「吹熄你的蠟燭吧，羅拉」
——田納西・威廉斯的《玻璃動物園》

一生幽囚在療養院的露絲，成了田納西・威廉斯一輩子，不管多少城市如落葉掃過，也不管佇足在哪裡、正在做什麼，他心中沒吹熄的燭火……

在少年期讀過田納西・威廉斯（Tennessee Williams, 1911-1983）的《玻璃動物園》（*The Glass Menagerie*）的人，我傾向於相信，一生的感性裡都會有他的影子。

那麼薄薄的一個劇本，簡單的四個人物，可是有著動人的穿透力。讀的人感情上會認同那個鬱悶的少年敘事者湯姆（Tom），彷彿自己也在他的壅塞困窘的家裡，為家計辛苦打工，聽母親每天叨念，心裡卻懷著寫作的夢。是的，感性的少年想大叫、想掙脫牢籠，卻又其實內心溫柔地愛著、牽繫著家人——對湯姆來說，尤其是他跛足又脆弱如琉璃小動物的姊姊羅拉(Laura)。我們看到湯姆，雖然是被母親叨念不過，非得幫姊姊找個男友，好讓她終身有託，然而他是真愛這個柔弱無助，每天把玩一堆玻璃動物的姊姊；她的細緻的感情世界也獨有這想做詩人的弟弟能夠了解。他把一個高中時出色的男同學吉姆(Jim)帶回家，他竟能引得羅拉忘了拘謹自卑，在母親特意裝點的氣氛下，美麗且動了真情。吉姆這時體會到可能發生的事，老實說自己訂了婚了……

田納西・威廉斯，攝於1965年，《玻璃動物園》出版二十周年。

母親怨怒。湯姆在她的詬罵聲中摔上門離家，《玻璃動物園》的結尾是他的獨白——

……我離開家四處流浪，城市從身旁掃過如枯葉……。我該停下來，然而總像有什麼在追趕我，……我在夜色裡走過陌生的街道，駐足在櫥窗外，看見各色玻璃小瓶透明閃爍如彩虹。忽然間是姊姊在拍我的肩膀，我轉頭看到她的眼睛……啊，羅拉，羅拉，我越想把你留在身後，就越放你不下！我伸手取菸，我過街，我去電影院或酒吧，我買醉……所有我做的事都是為了把你的蠟燭吹熄！我們的世界是用電燈的了！把蠟燭吹熄吧，再會，羅拉……(舞台上此時羅拉的身影俯身吹熄燭火。)

田納西・威廉斯的作品都有高度自傳性。在現實裡羅拉是長他兩歲的親姊姊露絲(Rose)。露絲雖非跛足，但在二十幾歲時動了腦葉手術失敗，從此住在精神療養院裡。一九四五年，大約露絲這個意外的七、八年後，田納西・威廉斯寫了《玻璃動物園》在芝加哥上演，一夜成名。露絲雖終生囚禁在療養院裡，但她聲望扶搖直上的弟弟，確實一輩子放她不下。一九八三年，七十二歲的田納西去世時，遺囑仍把所有的著作版稅留給露絲。

寫了《玻璃動物園》之後，田納西的重要劇作差不多都在隨後的十二、三年中完成，包括了《慾望街車》(*A Streetcar Named Desire*, 1947)、《夏日煙雲》(*Summer and Smoke*, 1948)、《玫瑰紋身》(*The Rose Tattoo*, 1951)、《熱錫屋頂上的貓》(*Cat On A Hot Tin Roof*, 1955)、《夏日驚魂》(*Suddenly, Last Summer*, 1958)等。《玻璃動物園》曾為他拿到紐約劇評人獎，《慾望街車》和《熱錫屋頂上的貓》則使他兩度獲得普立茲文學獎，和亞瑟・米勒(Arthur Miller)及尤金・歐尼爾(Eugene O'Neill)並稱美國三大劇作家。不過隨著三人中的最後一位，亞瑟・米勒於上個月去世，這曾為二十世紀的美國建立劇場和戲劇文學盛世的三大劇作家就都走進歷史了。

二〇〇二年出版社整理田納西的書信集出版，眾人才發現，在最多產且聲望如日中天的這段時期，田納西酗酒、抽菸、生活靡爛，且患有抑鬱症。書信集中還記錄了在一九四五至一九五七年間，他幾乎無休止地在旅程中。奇特的是，在這樣的顛簸勞頓中，他竟能寫下大量傑作。他記述自己每天早上，不管心情怎麼差或沒靈感，都要坐在打字機前寫作，因為「寫作的欲望強大到足以克服障礙。」事實上，田納西自從十一歲得到一台舊打字機，就用它開始他的「寫作生涯」了。十六歲就得了第一個獎。但他的不務正業的父親認定兒子做的事很可恥，強迫他退學做工。《玻璃動物園》的背景，也確實是他自己少年心情和經歷的寫照。而在那麼苦悶的環境下，姊姊可能是家中唯一能理解他、跟他談話的人了。也因此，一生幽囚在療養院的露絲，成了田納西・威廉斯一輩子，不管多少城市如落葉掃過，也不管佇足在哪裡、正在做什麼，都是他心中沒吹熄的燭火，代表了遙遠的記憶和手足深情。

今年是《玻璃動物園》的首演五十周年。這個月二十六日是田納西・威廉斯的九十四歲冥誕。

（二〇〇五年三月九日　聯合副刊）

「誰曾在活著的時候，每分每秒，好好領會過生命嗎？」

——懷爾德的《小城故事》

《小城故事》曾有一個台灣版，一九九三年由果陀劇場推出，場景換成淡水，劇名《淡水小鎮》……

美國劇作家懷爾德(Thornton Wilder, 1897-1975)的《小城故事》(*Our Town*)可能是在台灣演出頻率最高的劇本。——國內這麼多大學院校，除了戲劇系要演戲，外文或英語系每年也一定會演出英語話劇，而一要演戲，《小城故事》幾乎一定是頭幾個會被想到的戲碼。

演《等待果陀》要咀嚼生存艱澀的意義，演《推銷員之死》要領會經濟蕭條的重擔，演《羅密歐與茱麗葉》要體驗中世紀的仇恨加上對付難記的台詞，……而《小城故事》語言明白曉暢，故事健康溫馨，演的看的都感動；其實不只台灣，在全世界的校園《小城故事》都可能是被演出最多的戲之一。

但演出頻繁似乎沒有使懷爾德家喻戶曉。中文世界不少人一看到劇作家Wilder的名字就以為是英國的王爾德（Oscar Wilde），一部分原因是王爾德留給後世引述不完的刻薄雋語和個人軼事，懷爾德則確實像他的劇本，陽光且溫情，不易變成話題。

懷爾德肖像，1948年，Carl Van Vechten攝。

——但是，何妨呢？溫情的戲如果歷久不衰，必然因為它有直接能進入人心的力量。筆者曾親歷《小城故事》不同的演出現場，沒有一次不注意到觀者涕泗交流，深被打動的場景。

懷爾德在三十歲時所寫的第一本小說《聖路易里之橋》（*The Bridge of San Luis Rey*, 1927），就替他贏得了第一座普立茲文學獎。一九九八年美國的著名出版社藍燈書屋（Random House）選「二十世紀一百大英文小說」，懷爾德的這本少作也在世紀百大之列。《小城故事》出版於一九三八年，替他又贏得了第二座普立茲文學獎。一九四二年他的另一個劇本《九死一生》（*The Skin of Our Teeth*）又替他拿到了第三座普立茲文學獎。——別的作者求之不可得的普立茲獎，對他幾乎像探囊取物。一九六二年，甘迺迪總統還特別在白宮頒授第一座美國「國家文學勳章」（National Medal for Literature）給他。懷爾德終身寫作不輟。一九七三年，七十六歲時他還出版了一本相當有實驗性的半自傳小說，以主人翁的名字Theophilus North為書名。

懷爾德幼年曾隨擔任美國駐香港總領事的父親到香港，後來又隨家人在上海住過一年，可以說跟華人社會有相當淵源。他自耶魯大學畢業後，也曾隨考古隊到羅馬參與遺址挖掘。考古經驗的歷史洪荒情感表現在他的《聖路易里之橋》裡，但中國經驗並沒有特別顯現在他的重要作品裡。懷爾德最善於捕捉的，還是跨越生死界線後，人在重新獲得的靈視中突然領會到的人際情義。《小城故事》感動人的地方也在這裡。——故事裡兩小無猜的一對情人，一起在小城長大、結婚。女主角Emily Webb 在生第一個孩子時難產過世。舞台上Emily回到她十二歲生日的當天，以一個別人不察覺的旁觀者，看見幼年的自己當天和家人一起做的事，人際愛憎種種。她在幽明兩隔的一角呼喊，但沒人聽得見……。懷爾德在這個劇裡實驗了全知的敘事者和摒除舞台道具的設計，上演後在百老匯創下連演三百三十六場和舞台布景實驗的紀錄。這個戲的打動人，主要在它取材於最俗常的人生，卻提醒了觀者在日日的俗常中不復注意的人際關愛，當Emily的鬼魂喊她母親而徒勞，她轉身問我們：「有誰曾在活著的時候，每分每秒，好好領會過生命嗎？」全場震懾唏噓。

《小城故事》曾有一個台灣版，一九九三年由果陀劇場推出，場景換成淡水，劇名《淡水小鎮》，由歌手張雨生飾演跟Emily兩小無猜的男孩George Gibbs一角，造形演技均可喜。張雨生未幾車禍殞落，他在真實人生的意外，某一意義上使Emily的劇情有一個延伸的隱喻。然而真實人生的鬼魂並不來為我們提示生命的奧義，這也許便是好作家的可貴之處了——他們代替了可能或不可能的提示者，宣達我們遲鈍未能感知的人生真理。

（二〇〇五年四月六日　聯合副刊）

在歷史與娛樂之間

——寶嘉公主和《風中奇緣》

寶嘉的故事史無明文，如果不是一九九五年迪士尼公司用寶嘉為題材拍了動畫長片《風中奇緣》，寶嘉公主的名字大概就永遠湮沒在歷史中了……

約翰・史密斯(Captain John Smith, 1580-1631)是美國殖民時期的英雄。這個傳奇人物在十六歲時就從英國跑到法國去做志願兵，幫荷蘭打脫離西班牙統治的獨立戰爭。後來又在地中海跑船。二十歲時他又加入奧地利軍隊，跟土耳其打仗被俘，經俄國、波蘭逃出後，遊歷了歐洲各國和東非回到英國。一六〇六年他加入了殖民美洲的團隊，次年到達維吉尼亞。史密斯這時雖才二十六歲，可以說已經歷盡滄桑。

但是到了美洲，史密斯的傳奇才要開始。

當時的維吉尼亞草萊未闢，勢力龐大的印地安酋長Powhatan更時時偷襲掠取彈藥，想逼走這些入侵者；弄得殖民團隊軍心渙散。善於和印地安人周旋對抗的史密斯，未幾被選為統領，在短短的兩年裡，在維吉尼亞建立了五十個殖民區。一六〇九年底，史密斯不慎為火藥所傷，不得不返回英國。他在美國殖民史上留下的傳奇，包括一段他和印地安公主寶嘉洪塔絲(Pocahontas, 1595-1616)的情誼，其實都只發生在這短短的兩三年間。

一六一四年史密斯曾重履美洲，但只去到東北的麻省、緬因一帶，那兒後來通稱為「新英格蘭」，便是出於史密斯的命名。終其一生，史密斯沒有再回到過維吉尼亞，但是他跟維吉尼亞緣分未了。一六一六年，史密斯在倫敦聽到寶嘉公主將訪英，他擔心這個印地安女子不能得到合其身分的接待，特地為她修書向當時的安妮王后引見，信中說明寶嘉曾是他的救命恩人，她並且救

寶嘉公主受洗圖，John Gadsby Chapman繪於1840年。(Architect of the Capital)

過許多其他英國人。寶嘉到了倫敦確實獲得國王詹姆士一世和王室的接見，在倫敦上流社交圈廣受禮遇，也成為殖民代表用來向英國政府爭取維吉尼亞設州的有利象徵。

當然，隔了將近四百年，寶嘉的故事又史無明文，史密斯後來雖留下自傳，但有人認為文字誇飾不可盡信。如果不是一九九五年迪士尼公司用寶嘉為題材拍了動畫長片*Pocahontas*（中譯《風中奇緣》，一九九八年又接續出了《風中奇緣II：英國之旅》*Pocahontas II: Journey to a New World*），寶嘉公主的名字大概就永遠湮沒在歷史中了。

寶嘉公主在英國Kent的墓地及銅像。

敘事的創作如果取材於真人，永遠會觸及是否忠於史實的問題。而在選擇是不是要「照歷史寫」時，又得面對歷史是誰寫的、可不可信，以及更複雜的，創作者在即使明知可信或明知不可信的情形下如何取捨素材的考量。迪士尼的影片把史密斯塑造成與寶嘉情深義重但黯然分離的情人。現實裡，史密斯與寶嘉並不是情人。比較接近史實的故事是，史密斯到維吉尼亞的第一年底，遭印地安獵人伏擊，抓到Powhatan酋長跟前大刑伺候。就在快被處死時，酋長的小女兒，當時只有十一歲的寶嘉要求刀下留人，史密斯遂免於一死。寶嘉也因此和附近這些白人殖民經常往來，關係良好。不久史密斯返回英國。但殖民區因為經常被印地安人搶走彈藥，竟用計把寶嘉扣住當成人質，要求交換歸還彈藥。由於條件談不攏，酋長又打探到寶嘉在白人區得到善待，也不急於救她。寶嘉因此被扣留了將近一年，這其間有一個名叫羅浮(John Rolfe)的年輕白人愛上了寶嘉，日思夜夢不能自已。羅浮是虔誠的清教徒，最後是寶嘉皈依基督並得到酋長首肯，羅浮也正式上書維吉尼亞統領獲得同意，兩人成為眷屬。一六一六年寶嘉的英倫之行，便是與羅浮和他們襁褓中的嬰兒同行的。不幸的是寶嘉在要返美時染肺炎，死在英國，得年僅二十一歲。

根據史密斯自己的記載，寶嘉在倫敦時兩人曾在筵席間重逢，寶嘉原以為史密斯已死，當然更不知他有為她上書王后的事。她稱史密斯為「父親」，要他叫她「孩子」，因為「我已是你的國度的子民」。這是兩人的最後相遇。

迪士尼動畫中把史密斯和寶嘉湊成一對，又讓史密斯受傷返英，寶嘉則留下為兩族和平奮鬥，這個情節不但離事實很遠，也是典型好萊塢式的「光明的尾巴」。影片一出，便有寶嘉後人激烈抗議，認為是歐美白人為娛樂目的竄改史實，偽造符合白人價值觀的印地安人。

真正的史實誰都無法斷定，不過我們得承認美國人自開荒闢地起就不斷留存紀錄，實在是可貴的習性。史密斯著有日記、自傳，他給女王的信首度公開披露是一六二四年，當時雖然女王、寶嘉，和她丈夫都已死，但接見寶嘉的國王詹姆士一世還在，應不可能造假。至於羅浮所寫的請求統領准許他娶寶嘉的信，則保存在當時殖民區所在的維吉尼亞州詹姆士鎮(Jamestown)史料裡，情文並茂。

寶嘉和羅浮成婚的日子是一六一四年的四月五日。

(二〇〇五年四月二十日　聯合副刊)

文學史上最異類的作者

——集出世入世於一身的蘇曼殊

革命往往跟浪漫主義相依，在中國的文學從傳統跨入現代期的甬道上，蘇曼殊的感性特質和個人殊異的背景，為這個以浪漫主義為基調的文藝史期增添了十分獨特的一章……

文學人物中，有苦行的，有落拓的；有流連青樓的，有效死疆場的；有身世蹇困的，有離經叛道的……。但是，在短短一生中，所有出世入世、所有蕭瑟與繁華、所有熱血冷腸……都集於一身，而還留下相當可觀的著述，恐怕捨亦僧亦俗的蘇曼殊（一八八四—一九一八），也就不多了。

蘇曼殊是個邊緣人。他的父親在日本橫濱經商，一說是和日籍女傭，一說是和日本妾的胞妹有染，生下了曼殊。曼殊出生三個月生母就離開了，父親把他帶回家鄉廣東，交日妾河合仙氏撫養。河合仙氏後來因為大房陳氏不容，返回了日本。曼殊這個半異族孩子便得獨自在宗族歧視、缺少親情的環境下成長。十二歲那年，家人甚至於把生病的曼殊丟在柴房裡等死。曼殊奇蹟似地活下來，

蘇曼殊。

但也因此竟跑到廣州長壽寺剃度出家。不過，還是個小孩的曼殊一回在寺裡抓到一隻鴿子，便煮了吃，結果被趕出廟門，結束了他第一次的出家生涯。

翌年父親把他送到上海學習中英文，曼殊後來有不少譯述，部分是這時打下的基礎。十五歲時他遵父囑隨表兄到橫濱就學，與一位名菊子的日本女孩一見鍾情，但遭到蘇家強烈反對，並問罪於菊子父母，菊子竟因此投海而死。曼殊萬念俱灰，回到廣州又到蒲澗寺出了家。曼殊作品中最膾炙人口的《斷鴻零雁記》，便是以這段故事為本的自傳小說。

蘇曼殊雖是中日混血，但有強烈的中土民族意識。一九〇二年他就參加了留日學生的第一個革命團體「青年會」。翌年，曼殊考入東京早稻田大學高等預科，再度赴日，結識了孫中山、陳獨秀、黃興等革命核心人物。孫中山組織蘇曼殊等二十多個留日學生的義勇隊，每天練習射擊，以備參加武裝起義。但未久被資助人發現，強迫他回國。回到上海曼殊不改初衷，又參加了由章

士釗等人創辦的《國民日報》，聲援章太炎、鄒容。他也醉心於宣傳無政府主義的救國思想，甚至還曾計畫去刺殺保皇黨首領康有為，經人勸阻才罷。辛亥革命後，袁世凱暗殺宋教仁，陰謀稱帝，孫中山憤而發動「二次革命」，曼殊也寫了他著名的〈討袁宣言〉，積極參加反袁抗爭。

然而在所有的熱血革命活動之外，曼殊基本上是個文藝青年。他曾央陳獨秀教他音韻、平仄，想學作舊詩，陳便轉請章太炎教他。章只要他大量讀詩。曼殊果然閉門數月苦讀，閉門結束後捧出一堆詩稿來，讓章氏讀了大為驚奇。——這大約也說明，閱讀是進入寫作之門的不二途徑，碰到曼殊這樣天資聰慧的人，更可能便開出奇花異卉來。著名詩人，也是曼殊所屬的「南社」領袖柳亞子說：「曼殊的文學才能，全靠他的天才。」是然而不然。下面這首七絕是曼殊最被傳頌的詩作。這詩跟任何大家並列，都無愧色：

春雨樓頭尺八簫，何時歸看浙江潮？
芒鞋破缽無人識，踏過櫻花第幾橋！

這時候，新文學運動已在醞釀之中，但曼殊的詩文小說，基本上都以舊體出之，卻能風靡遐邇，主要在他的主題多情纏綿，又能出以清新的遺詞用語。革命往往跟浪漫主義相依，在中國的文學從傳統跨入現代期的甬道上，蘇曼殊的感性特質和個人殊異的背景，為這個以浪漫主義為基調的文藝史期增添了十分獨特的一章。

曼殊身世多舛卻生性多情，著袈裟卻出入茶樓酒肆(經陳獨秀等勸說才改穿西服)，不拘禮教、不戒酒肉，窮時身無分文，得了錢便慷慨花盡。他以嗜糖聞名，曾為了想吃糖，把口裡的金牙敲下來典當。除了跟革命黨人和新舊文人都有交誼，一生更圍繞著眾多紅粉知己，「情僧」可能是他最被傳頌的一個稱號。但雖然看來放浪形骸，親近曼殊的人，諸如陳獨秀、柳亞子、郁達夫，都一致認為他是人品高潔的人。他的老師曾想把女兒許配給他，曼殊答以

> 契闊死生君莫問，行雲流水一孤僧。
> 無端狂笑無端哭，縱有歡腸已似冰。

詩裡顯示，對十五歲時為他而死的菊子，他顯然無時或忘。

後期曼殊曾對一位美麗的彈箏藝妓百助楓子動了真情，自謂多年修持，面臨瓦解，只是最後到底還是相贈以詩，黯然道別：

九年面壁空色相，持錫歸來悔晤卿，
還卿一缽無情淚，恨不相逢未剃時。

蘇曼殊通日文、梵文、英文、法文，是近代最早的翻譯家之一。他譯過雨果的《悲慘世界》、《拜倫詩選》和印度小說《娑羅海濱遁跡記》。也編撰過《埃及古教考》、《梵文典》、《初步梵文典》、《梵書摩多體文》、《漢英辭典》、《英漢辭典》、《粵英辭典》等專著。詩作可確定者約百首。小說流傳下來的則有《斷鴻零雁記》、〈天涯紅淚記〉、〈絳紗記〉、〈焚劍記〉、〈碎簪記〉、〈非夢記〉等六種。他的小說基本上是言情說部的章法，但因為多了西洋作品的影響，對人物心理較有描摹。曼殊亦能畫，畫風無師承而有新意。

陳獨秀和柳亞子都記述過曼殊經常飲食過量的「好吃」癖性。陳獨秀甚至認為他是通過飲食來「尋求解脫」。這雖是無法證明的事，但曼殊確實死於腸胃疾病，在一九一八年五月二日，走完了他短短三十四年不尋常的人生路程。死後孫中山先生將他安葬在杭州西湖。

（二〇〇五年五月四日　聯合副刊）

文學史上最戲劇性的寫作生涯

——海明威生與死

海明威最後的死亡，其實放棄多於堅持，然而其戲劇性的一生，還是留下了最後震撼世人的句點……

文學作者中，如果要問誰的圖像在全世界任何國度都有人一眼認得出來，大概第一個是莎士比亞，第二個就是海明威(Ernest Hemingway, 1899-1961)了。莎士比亞有大量難以超越的戲劇經典加上四百五十年的演出歷史，流傳的畫像又不出兩三張，辨識容易；生於一八九九年的海明威，儘管小說成就也非凡，但若不是一生高潮迭起，把自己的人生變成了舞台，要以作家而搶占了媒體明星的光芒，達到生前死後所享有的家喻戶曉，恐怕便不太可能。

海明威生死都在七月，死的時間是自己選的，在六十二歲生日快到時舉槍自盡。不算太長的六十一年生命中，海明威結了四次婚；參與過兩次世界大戰；居住過美國、法國、西班牙和古巴，出版的作品包括十四本中長篇小說、約七十篇短篇小說，還有四部死後出版的作品。他大概也是唯一兩度成為《時代雜誌》封面人物的作家：一九三七年《時代》用的是一張他的海釣畫像，一九五四年也是畫像，耳側是一尾斜刺而來的馬林魚——那年他以描寫一個古巴老漁夫跟馬林魚搏鬥的小說《老人與海》(*The Old Man and the Sea*)得到諾貝爾文學獎。

和絕大多數作家顯然不一樣的是，海明威鮮少以寫作者的形象出現。媒體刊出的海明威照片，往往身旁是狩獵的戰利品：犀牛、花豹、馬林魚，有時以荷槍實彈的前線戰士或負傷歸來的英雄出現。再不然，是鬥牛、拳擊的場面，或一次又一次的婚姻……。

海明威的作品也有高度的自傳性，許多都跟他的特定經歷可以對照。他的第一本小說 *The Sun also Rises*(1926，電影中譯《妾似朝陽又照君》)，是以一次大戰後，流亡巴黎的一群英美作家情事為背景。巴黎經驗和故事中在戰場受傷的男主角，都有海明威的影子。

海明威1923年護照相片。

在巴黎的海明威，因為被評論家史坦茵(Gertrud Stein)指著說是「失落的一代」(a lost generation)，他這本*The Sun also Rises*也因此常被目為「失落的一代」的代表作。至於寫成於一九二九年的*A Farewell to Arms*(電影中譯《戰地春夢》)，則是以他在義大利戰場受傷時，和戰地醫院護士的一段情為本。海明威死後三十五年(一九九六年)，這段故事被當成海明威情史拍成傳記電影，片名*In Love and War*(中譯《永遠愛你》)。他在非洲肯亞獵獅的經驗，寫成了《非洲青山》(*The Green Hills of Africa*, 1933)；次年以坦尚尼亞的吉力馬札羅山雪頂為背景寫成的*The Snows of Kilimanjaro*(電影中譯《雪山盟》)，寫的是作家的心路歷程，文字奇幻，是海明威的夫子自道，也是短篇小說經典。至於定居古巴的海釣經驗和海岸走私的觀察，則至少產生了兩本小說：一本是*To Have and Have Not*(1944)，一本就是《老人與海》。前者原是一部平平之作，但得到另一個小說大家福克納(William Faulkner)編劇在先，名演員亨佛萊・鮑嘉(Humphrey Bogart)擔綱演出在後，拍成電影竟幾乎有另一部《北非諜影》的味道！至於後者，則使海明威聲望達到顛峰。《老人與海》出版於一九五二年，同年隨即獲普立茲文學獎，一九五四年得諾貝爾文學獎。

海明威，1939年，Lloyd Arnold攝。

一九五四年稍早，海明威在撒哈拉沙漠因飛機失事脊椎受創，諾貝爾頒獎典禮他並沒能親自領獎，由美國駐瑞典大使代他到場宣讀得獎演說。一直到七年後自殺，海明威都沒能擺脫受傷的後遺症——這場意外使他腎臟功能完全喪失，連帶造成高血壓，而藥物控制的結果，是情緒陷入極度沮喪，必須以電擊治療。如此週而復始的苦難，一直伴隨海明威到他終於舉槍結束自己的生命。

海明威一生，包括人和作品，都在表現陽剛氣概。作品反覆出現的主題，是戰爭、力搏之後的心理情態和境遇。他的文體明快簡潔，和同為「失落的一代」的重要作家，如喬伊斯的晦澀糾結、費滋傑羅的浪漫耽溺，都絕不相類。但基本上他確實有著「失落」的特質，陽剛的背後是強烈的不確定，奮發的底層是深沉的虛無。《老人與海》有人視之為勵志小說。誠然，在海上八十四天的守候，和巨大的馬林魚的搏鬥，那古巴老漁夫堅韌的意志力絕對打動我們。然而老漁夫拖回岸的，畢竟只剩一副魚群爭食剩下的巨大白骨，除了意志力，就像海明威另一本小說的題目，《勝利者一無所獲》（*Winner Take Nothing*, 1933）。用老漁夫的故事，海明威其實也在表達卡謬筆下薛西佛思神話同樣的訊息——生命是徒勞，意義僅存在於堅持。

海明威最後的死亡，其實放棄多於堅持，然而其戲劇性的一生，還是留下了最後震撼世人的句點。

（二〇〇五年七月十三日　聯合副刊）

文學史上最暢銷的作者
——與億萬讀者競技的阿嘉莎・克莉斯蒂

有一位熟讀她的七十餘部推理偵探小說的英國作家說，他一輩子做過最美好的夢，就是夢見自己竟然在圖書館裡找到一本沒讀過的阿嘉莎的小說，醒來還快樂不已……

誰是最暢銷的作者？最官方的紀錄大概是一九六一年聯合國教科文組織的統計：英國推理懸疑作家阿嘉莎・克莉斯蒂(Agatha Christie, 1890-1976)。

不過那年所作的統計只針對英語閱讀世界。一九九六年，聯合國教科文組織又對全世界在一九八五到一九九五的十年間，作品被翻譯最多的作者作了統計，結果，奪魁的仍是阿嘉莎・克莉斯蒂！被她拋在後面的榜上名單，包括了華德・迪士尼、《聖經》、莎士比亞、安徒生、柯南・道爾等等。

截至二〇〇三年的估計，克莉斯蒂的作品，在英語書市賣出超過十億冊，而在譯成近五十種語言的非英語書市，賣出也超過十億冊。二十億冊書的讀者是多少，實在無法估算，但說這位傑出的「推理女王」是在跟超過任何其他單一作者的讀眾競智，大概無疑義。

阿嘉莎還不只創書市紀錄，她也是世界上最長的舞台劇演出的金氏紀錄保持人！阿嘉莎的劇本《捕鼠器》（*The Mousetrap*）自一九五二年在倫敦首映，到現在還沒下檔，演出場次已超過兩萬場，劇場光是因這齣戲演出而賣掉的冰淇淋，就不下三百噸，演員大衛・雷文（David Raven）也因飾演劇中Major Metcalf一角超過四千場，締造了另一個演員金氏紀錄。一九五二年是伊麗莎白女王登基的一年。《捕鼠器》和女王在二〇〇二年同慶五十週年，這齣戲幾乎也跟女王一樣是英國的「國家象徵」：觀賞《捕鼠器》已成世界各地到倫敦的遊客不能錯過的活動。

阿嘉莎・克莉斯蒂為什麼有這麼大的魅力？有一位熟讀她的七十餘部推理偵探小說的英國作家說，他一輩子做過最美好的夢，就是夢見自己竟然在圖書館裡找到一本沒讀過的阿嘉莎的小說，醒來還快樂不已。阿嘉莎自己，從二十幾歲開始寫第一部偵探故事，一出手就不凡。她的第一本書《史戴爾山莊疑案》（*The Mysterious Affair at Styles*）就起步了一個經典，也創造了後來一系列出現的警探典型，波洛（Hercule Poirot）。波洛目光犀利，思慮細密，面對棘手的凶殺案情，疑人所不疑見人所未見；眾人方在猶豫狐疑，波洛已經抽絲剝繭，真凶手到擒來。波洛系列中，一般人最熟悉的也許是《東方快車謀殺案》（*Murder on the Orient Express*）。這部小說在一九七四年改編成電影，單演員陣容就可看出阿嘉莎作品號召力之大：歷史上還有哪部電影能把史恩．康納萊、英格麗．褒曼、安東尼．霍浦金斯、洛琳．白考兒、李察．威麥這些巨星都放在一部片子裡，有的甚至只軋一個小角色！《東方快車謀殺案》如今也已被公認是懸疑電影的經典，其故事人物之錯綜、線索之複雜，使波洛的「解題」更教人擊節稱快。

當然，神探背後了不起的永遠是他的創造者。除了波洛，阿嘉莎還創造了其他神探典型，要者如老小姐瑪波(Miss Marple)，是另一種憑直覺而找出關鍵線索，同樣使真相大白、正義伸張，氣質卻與波洛大異其趣的破案者。

阿嘉莎具備了說故事的能力，又有奇特的想像力，且善於組織幽微的伏筆。讀者入其彀中，自己也不知不覺參與「辦案」，想先一步看出端倪，緝得真凶，卻終是敗給阿嘉莎的布局和高超的障眼法！阿嘉莎的魅力，原來正來自於她老是打敗你！

這樣一個作家，意外的是，從沒接受過學校教育。阿嘉莎自幼喪父，完全是母親教她閱讀鼓勵她寫作。除了閱讀，阿嘉莎顯然也極善於從經驗中獲取寫作養分，她在一次大戰時曾在軍中擔任護理工作，接觸到毒藥、麻醉劑等藥品，這些知識便常用在她的謀殺案裡。阿嘉莎的第二任丈夫是知名考古學家，她因此有相當時間和他留在伊拉克，多部小說以考古和中東為背景，便是這段經歷的影響。

但，解了恁多「懸案」的阿嘉莎，自己卻留下一個從未為世人解開的謎。阿嘉莎二十四歲時和一位飛行員結婚。十二年後，一九二六年，這個丈夫愛上一個年輕女子，背叛了阿嘉莎。此時已是成名作家的阿嘉莎忽然失蹤，造成全英國譁然。十天後警方在一個度假旅館找到她，但卻是登記她情敵的名字進住。怎麼回事？阿嘉莎說她當時完全失憶，而一直到五十年後過世，阿嘉莎絕口不再提起這個過往，論者也有人猜測她的失蹤是宣傳手法；同情的說法則是，一個高明如阿嘉莎的斷案高手，竟沒發現自己被枕邊人欺瞞，當時她必是完全不能接受這樣的事實，而必須躲開——也可能真的一時崩潰了。

然而，也因為這個變局，阿嘉莎兩年後在赴中東旅遊的東方快車上遇見了比她年輕十四歲的考古學者馬洛萬（Max Mallowan），一九三〇年兩人結婚，一直到阿嘉莎一九七六年過世，維持了近半世紀美滿姻緣。「考古學家是女人最好的丈夫人選，因為你越老他對你越有興趣。」便是阿嘉莎在記者問到他們的婚姻時的妙答。

不過，阿嘉莎永遠不會知道的是，在她過世後，七十二歲的馬洛萬立刻就和他們的一個好朋友再婚了。——這回，絕頂聰明的推理專家不知是不是又一次，完全沒察覺端倪？在作品中和無數讀者競智永遠成功的阿嘉莎，有可能再次敗給了自己對伴侶的信任。然而，這個謎也是永遠不能解了。

（二〇〇五年十月十二日　聯合副刊）

文學史上最成功的電影改編原著

——《亂世佳人》風華七十年

很難想像《飄》的作者瑪格麗特·密契爾一輩子只寫了這麼一部作品，而這個作品在一九三六年一出版，著名製片人塞茲尼克就提著當時史無前例的天價五萬美金，買下它的電影版權……

跟電影還有點接觸的人，沒看過《亂世佳人》的，恐怕不多，反倒是看過而一遍又一遍重看的影迷，應不在少數。而它的風靡世人，早在一九三六年原著小說*Gone with the Wind*（中譯《飄》）出版，更在一九三九年這本書拍成影片時，就已開始。

很難想像《飄》的作者瑪格麗特・密契爾(Margaret Mitchell, 1900-1949)一輩子只寫了這麼一部作品，而這個作品在一九三六年一出版，著名製片人塞茲尼克(David O. Selznick)就提著當時史無前例的天價五萬美金買下它的電影版權。若沒這本書，密契爾只是個沒人知曉的普通南方美國女子。

一九二六年，二十六歲的密契爾因為腳受了傷，哪都不能去，體貼的丈夫每天下班就從市圖書館借一堆書回來給她消遣，腳疾老也不好，而市圖的書，先生說，除了純科學的之外都被你看光了，「沒書可借了，除非你自己寫一本出來。」就這樣開啟了密契爾寫《飄》的起點。這是密契爾追溯自己寫這本書的緣由，當然難免誇大。但密契爾確實大部分時間是坐在床上東一章西一章地編她的南北戰爭愛情故事自娛。三年後，一九二九年，故事編完了，腳傷也終於好了。但是美國的經濟大恐慌這時卻開始了，密契爾只好出門找工作，兩夫婦儉樸過日子，沒把寫的書當回事，她也再沒寫任何東西，「因為腳好了，走路比寫作有趣。」

《飄》作者密契爾，攝於1941年，*New York World-Telegram and the Sun Newspaper Photograh Collection*。

一九三五年，紐約的大出版社Macmillan的資深編輯Harold Latham到南方來找可出版的新書，知道密契爾「寫了一本書」的朋友引介他找密契爾談談。密契爾嚇壞了，抵死否認，說自己壓根不知寫作為何物。經過許多曲折，她才終於從床底櫥櫃四處把一包包散置的手稿交給Latham。這位書探跑到街上買了一個新旅行箱才把這部大書稿馱回紐約去。

Macmillan公司的編輯們看過書稿，立刻決定在一九三六年五月出這本書。今年是二〇〇六，這個月是*Gone with the Wind*首版的七十年紀念。

七十年來，這部長達一千多頁的小說締造了很多新紀錄。出版的第一年，它就印了三十一刷，銷售超過兩百萬冊。如果我們注意到那還是經濟大恐慌的中期，這個成果就更加不尋常。第二年，*Gone with the Wind*得了號稱美國諾貝爾獎的普立茲文學獎。而塞茲尼克買去的電影版權也立刻開始了龐大的拍攝計畫，單導演就前後換了四位，應徵飾演女主角郝思嘉（Scarlett O'Hara）的女星多達一千四百人。整個片子耗資之鉅、場面之大、動員人力之多都創下當時的紀錄。一九三九年底，《亂世佳人》在密契爾的家鄉，喬治亞州的亞特蘭大城首映。一夜之間，這個當時約三十萬人口的城從全世界湧入超過一百萬的訪客，市政府不得不宣布當天全市放假。第二年《亂世佳人》拿下當年度包括最佳影片、最佳導演、最佳女主角等的八項奧斯卡金像獎外加兩個特別獎。這個十項大獎的紀錄，一直到二十年後，才被《賓漢》的十一項所超越。一九八九年，研究《亂世佳人》的頭號專家Herb Bridges為紀念首映五十周年而寫的專書中，估計全世界看過這部影片的人應已超過三億。一九八九年以來，影像資訊的流通之便飛快提升，《亂世佳人》在上世紀已定位的「美國十大」和「世紀百大」名片之外，相信要選「最好看的電影」一定也會名列前茅，迄今的觀賞人口，事實上已無法估算。

要問到底《亂世佳人》是最成功的電影改編呢？還是《飄》是最成功的電影原著？當然兩個是一體。但我們得承認，《飄》在文學史的地位絕比不上《亂世佳人》在電影史的地位。密契爾最成功的是創造出郝思嘉、白瑞德、湄藍、艾希理這幾個鮮活的人物典型，她對半世紀前幾乎分裂美國的南北戰爭的歷史想像，對華麗如錦卻已物換星移的老南方(Old South)的緬懷，也使她相當成功地塑造了一個融合戰爭、愛情和風土的大河史詩。但學院評論會覺得它到後半部結構顯得鬆散；社會研究者指摘她存留明顯的種族意識；而一般成見對太好看太暢銷的書，總先認為一定不「偉大」。

密契爾曾是個不愛上學的小孩，六歲該入學時，她不肯去，母親帶她走過城區那些如今荒蕪一片的華美莊園豪邸，告訴她只有土地和具備一技之長的雙手是真實的。密契爾答應去上學，但放學時間大多還是花在聽南北戰爭的退伍老兵或鄰家嬤嬤談前朝遺事。她在筆記本上塗塗寫寫，自己斷言，「作家是生成的，不是養成的。」這也真成了她對自己的有效預言。她筆下的郝思嘉，那個美貌、放蕩、驕縱，但在家園一夕破敗、親故死傷的時代大變局中，卻展現了罕見的擔當和毅力——以及能力。她在滿天霞色中握起一把泥土，誓言重建家園的景象，是《亂世佳人》的觀眾最難忘的一個鏡頭，也是密契爾對自己小時得自母親的教誨的體現。

當然，不管是看書還是看電影，看的人最著迷的都是郝思嘉和白瑞德這對亦正亦邪旗鼓相當的男女主角。這兩個角色，不僅已經成為小說人物的典型(type)，他們的造形、姿態、對話，在七十年中，也已儼然成為世界性的文化語彙。就人物來說，《亂世佳人》最大的成就當然是費雯麗(Vivien Leigh)飾演的郝思嘉。她的演技和美貌都達到使人難以置信的高度，邱吉爾首相曾說，若非費雯麗，《亂世佳人》不會這麼成功。邱吉爾顯然很以這位英國女星的成就為榮，而她也不負所望，成為第一個獲得奧斯卡最佳女主角金像獎的英國演員。

然而我們還是得說，《亂世佳人》的成功，原著之外，還是要歸功於它從幕前到幕後，動員的都是頂級的陣容和技術，全片幾乎無懈可擊。密契爾用筆留住的老南方，它的興衰悲歡、癡男怨女，《亂世佳人》讓我們用影像彷彿身歷其境。最成功的原著改編，造就了最成功的電影；而最成功的影視效果，使密契爾緬懷的舊日南方，隨著《亂世佳人》從此不朽。

（二〇〇六年五月二十六日　聯合副刊）

文學史上的華麗切片
——華頓夫人與《純真年代》

華頓夫人所受的經典教育和本身的才情，更使她能夠和同代的政界名流、才士作家都廣泛交往。我們也許可以說她是個幸運的張愛玲，雖然張愛玲是不是會羨慕她的際遇我們無從知道……

富裕或安逸大概都不是最有利於寫作的條件。李後主若不經亡國之痛，曹雪芹要不是忽然家道敗落，極可能不但不會有相同的文學成就，甚至可能沒有作品留下來。這倒不是說「文窮而後工」。窮和工是另一層關係。我要說的是，文學儘管描繪人間萬象，但是，對奢華富麗的描繪，我們在作品中看到的，多半來自觀察者甚至想像者，而不是親身經歷者。——有機會置身其中的人，即使有寫作天分，可能也欠缺足夠的動機。

因而，像伊蒂絲・華頓(Edith Wharton, 1862-1937)那樣，在作品裡為她親歷的世界留下那麼多華麗的紀錄的，在作者中並不多見。近代的華文文學史上，最有可能做類似事情的人，也許是張愛玲，因為既有貴冑的背景，又有寫作天才和書寫的強烈動機。然而儘管張愛玲的外曾祖父是李鴻章，祖父張佩綸也曾貴為清廷御史，到了張愛玲的年代，皇朝傾覆了，家道也中落了，張愛玲空有承自家世的眼界，卻不曾過錦衣玉食的日子；她觀察的繁華，縱是「華美的袍子」也早已「爬滿了蝨子」，因而她所書寫的，儘多是謫落凡間後體會的俗常生聚、市井悲歡。

華頓夫人生長在維多利亞時代末期，西方華麗繁縟的儀節和物質文明的精緻這時都到了歷史的頂點。她既是紐約的豪富之家的掌上明珠，又在還是小女孩的時候，就隨家人到歐洲長住，遍覽歐洲歷史地理的豐盛；她所受的經典教育和本身的才情，更使她能夠和同代的政界名流、才士作家都廣泛交往。我們也許可以說她是個幸運的張愛玲，雖然張愛玲是不是會羨慕她的際遇我們無從知道。

華頓夫人最負盛名的作品應是她的小說《純真年代》（*The Age of Innocence*, 1920）。《純真年代》寫的是一個婚姻失敗的女子努力要回到紐約的上流社會所面對的困難，和過程中意外發展出來的一段沒有結果的愛情。但是華頓夫人對故事的鋪陳卻使《純真年代》有如一部當時紐約豪門生活的起居注。一開場為介紹年輕的戀人Archer和May出場所設計的劇院包廂場景，從眾名流在劇院裡的儀式性入座，到婚姻觸礁自歐洲回到紐約的Olenska伯爵夫人出現，所有的騷動私語，神色傳遞，都為我們準備了華麗的紐約豪門舞台和背後錯雜的人情網絡。

華頓夫人也在各個場景不厭其詳地描寫各人的衣著服飾、室內外擺設排場、座次儀節……紐約這個當時乍富的世界大都會，像所有脫離母國的殖民社會一樣，對某些象徵身分的禮俗儀式，維持著比母文化更嚴苛的尺度；那也是個有人可以單靠家業而無所事事，成為地位崇隆的新貴族的世界。維護這個世界的銅牆鐵壁不可動搖，也不容任何「瑕疵」侵入，成為他們最大的使命。Olenska伯爵夫人是失德夫婿的受害者，但回到她自己的社會，她的不幸卻使她成為他們所拒斥的「瑕疵」。當局者掙扎的艱難，也就更見戲劇張力。

Olenska所屬的家族為了重新讓她被上流社會接納，所動用的人脈和排場活脫是《紅樓夢》裡寧榮兩府的陣仗，連賈母、鳳姐諸人的對應角色都呼之欲出。曹雪芹在大觀園扮演什麼角色我們不確定，但他在感情上認同自己筆下的寶玉和黛玉則很確定。《純真年代》有多少華頓夫人的自傳成分我們也不確定，但在現實世界裡她和Olenska一樣，既出身於紐約上流名門，又長時間居留歐洲，眼界、教育和觀念都遠遠超前了紐約那個豪門小圈子。她自己在二十三歲和另一個富室子弟聯姻，不愉快的婚姻維持了三十三年仍告仳離，但其間兩人都有外遇之實。華頓夫人對像她這樣的女性在那個時空背景下，不管是婚姻圍牆內外的自我掙扎，還是對禮俗觀念所加於當事人的桎梏，自然是感同身受。《純真年代》裡的Archer，馬上要和美麗嫻靜、門當戶對的May成婚了，但見到Olenska，卻被她不同於紐約社交圈的自然優雅和自信獨立所吸引，不能自拔。華頓把她的同情轉換為現實故事裡當事人相惜的情愫，顯然也是一種自我角色的移置。不過，如果拿來和紅樓人物比較，Olenska和Archer畢竟在禮教、感情和後果的衡量之間，都已是更有判斷力和克制力的成人；不同於未經世故的寶玉、黛玉成了家族力量的悲劇犧牲品，Olenska選擇離開，成全對方看來珠聯璧合的婚姻，也成為Archer在看似美滿的婚姻中永遠如有所失的一角遺憾。要等將近三十年後May病逝，男主角才從兒子口中，知道他的母親、自己一直以為單純守分的美麗妻子，原來自始就明白丈夫的心思。她臨終告訴兒子，自己對丈夫沒有越界的感激。比上一代思想遠為開放的兒子，在母親死後費心安排父親到巴黎去見一直獨居的Olenska。然而Archer卻在到了她公寓門前的最後一分鐘，決定不進去相見。不管是出於寧可保有一生美好的記憶，不願現實破壞，還是為報答逝去的妻子終生不曾拆穿的寬容。華頓夫人的最後安排，仍映照了她所批判又追緬的那個老紐約——它在杯觥交錯、堆金砌玉之外，在同一個禮教下的人情克制之美。寶玉、黛玉的生死以之，Olenska、Archer的成全自制，各留遺恨，但也許也各保留了一種情分的「純真」。

《純真年代》使華頓夫人成為第一位獲得普立茲文學獎的女性作者（一九二一年），也在兩年後使她成為第一位獲頒耶魯大學榮譽文學博士學位的女性。她在一九一三年離婚之後就定居巴黎（正是Olenska的寫照），一直到一九三七年過世，二十四年中只在接受耶魯的榮譽學位時回到美國一趟。她在巴黎的豪宅固然是文士名流麇集之所，在義大利的別墅也成為畫家筆下的題材，即便在世的最後四分之一世紀都不曾親履的美東的宅第，現在也成了遊客如織的華頓紀念古蹟。這個位於麻塞諸瑟州，有四十幾個房間、占地百畝的豪華宅第（她稱之為「山莊」Mount）是她在一九〇二年親自設計建造的，而依據的設計理念正是她的第一本著作《房屋設計》（*The Decoration of Houses*, 1897）。華頓夫人可以說是少有的生於富貴死於繁華的作家，而她的品味、興趣和才華又足以和自己的際遇相得益彰，則留給後世最華麗的人生及文學切片，也是事所必然了。

（二〇〇六年十月二十五日　聯合副刊）

輯四

作品背後的人

文學史上最目光如炬的預言家

——《一九八四》的作者歐威爾

極權者的目標是使人永遠樂於指非為是。如果《一九八四》幫助我們瓦解極權的障眼法，歐威爾對政治語言的模稜與可操控性的觀察和破解，應居首功……

假如二十世紀只能有一本書留下來，出版於一九四九年的《一九八四》，極可能是很多知識分子的首選。

原因無他，沒有一本書比《一九八四》更顯示對極權(totalitarianism)本質的洞燭力，並且準確地預言了二十世紀後半葉這個世界一一現形的政治樣貌。而一個好的文學「預言家」，不只告訴你什麼事不可避免，他告訴你的是，因為什麼樣的人性，事情才那樣發生。也因此，好好讀過

《一九八四》的人，極可能一生豁免了對野心家或極權者的盲從輕信。

《一九八四》的作者原名為Eric Blair，George Orwell是他的筆名。一九〇三年的六月二十五日，歐威爾（George Orwell, 1903-1950）生在當時英屬的印度。《一九八四》出版幾個月後歐威爾就因肺病去世，得年僅四十七歲；那年即將發生的世界大事——中國大陸變為極權共產國家，歐威爾並未及親身看到。但變為極權國家後所發生的事，卻一一在他預言中可以印證。

喬治・歐威爾。

《一九八四》把世界分成大洋國（Oceania）、東方國（Eastasia）和歐羅國（Eurasia）三大集團，三者有時為敵有時言好，但每一個改變（或統治者要人民相信的「改變」），都會牽涉到無數檔案資料如假包換的改寫；至於被打下來的政敵，政績被改成罪狀、光榮的舊照片上影像憑空消失，當然也屬此類。故事主角溫斯頓（Winston Smith）所處的國度是在顯然以英國為藍圖的大洋國內，他的工作單位叫「真理部」（Minitrue），負責的便是不斷細心竄改歷史資料的工作。大洋國在二次大戰的殘局中經過革命奪權，如今是一個階級森嚴、每個人的言行都被裝在牆上的遠距監視器所管控的國家。沒人見過的最高當局「老大哥」（Big Brother）的大海報無所不在，提醒每個人：Big

Brother is watching you——老大哥正看著你！而思想言行有偏差的人，必然在一連串的酷刑洗腦後被重新改造。大洋國的教條是，「戰爭就是和平、無知就是力量、自由就是奴役」，極權者的目標是使人永遠樂於指非為是。如果《一九八四》幫助我們瓦解極權的障眼法，歐威爾對政治語言的模稜與可操控性的觀察和破解，應居首功。

在我們有機會回顧二十世紀時，會發現每一個統治權力，不同程度地在印證《一九八四》的世界，極權程度越高的，相似度也越高：史大林時期的俄國，人民公社或文化大革命時期的中國大陸……一再以真實的人間煉獄，對照歐威爾驚人的人性寓言。

然而，極權不自今日始，或者應該說，「集權」不自今日始，但「極權」——全面的人性控制，要到二十世紀才成為可能。歐威爾在一九四一到一九四三年間曾在英國國家廣播公司（BBC）工作，留下過一段他自己製作的節目錄音，內容很有意思，是歐威爾「虛擬」地訪問比他早生兩百三十年的《格列佛遊記》作者史威夫特(Jonathan Swift, 1667-1745)。歐威爾嘗自述在八歲第一次讀到《格列佛遊記》，以後就每年都要重讀。《格列佛遊記》可說是對他影響最大的書。這個「訪問」中有一小段這樣的對話：

歐威爾：從您的時代以後，出現了一種叫做「極權主義」的東西。

史威夫特：是新東西麼？

歐威爾：嚴格來說不算新。但卻是現代武器和新的視訊方式，才讓它真能做到了。

視訊技術的發展對政治操控的影響，是歐威爾另一個深刻的觀察，也對進入二十一世紀，視訊技術驚人進展的此時，提供了他第二層有力的警告。

隨著時代的改變，「極權」的定義會改寫，歐威爾觀察到的人性，才是最深沉、構成任何極權的終極基礎的成分，也是這部分，使《一九八四》有著永恆的預言性。我們看到痛恨極權，在日日竄改史料的工作中偷偷夢想推翻「老大哥」的溫斯頓，卻努力把他的竄改工作做得天衣無縫，盡善盡美，因為那是他的創造本能唯一能發揮的場合：其結果，痛恨極權的人成為極權的最佳共犯！而以為可託以心腹，共商謀反大計的朋友，最後竟然是以友誼為餌，引他曝光的人。溫斯頓在無窮盡的酷刑洗腦之後，最後背叛了情人，間接也宣告了極權者的全面勝利。

不錯，歐威爾是悲觀的，他沒料到的是，因為他的悲觀的預言，《一九八四》出版半個多世紀來，成為對抗極權迷思的最重要文學利器。如果有人還迷信野心家，他第一本要讀的書就是《一九八四》！

（二〇〇五年六月十五日　聯合副刊）

文學史上最激烈的隱士
——華爾騰湖畔的梭羅

當時蓄奴在美國依然合法，使梭羅痛心疾首，「我一刻都不願承認這個奴隸的政府也是我的政府」，當然更不要期望他繳稅來支持這樣的政府了……

寫《湖濱散記》（*Walden, or Life in the Woods*）的梭羅（Henry D. Thoreau, 1817-1861）生在一八一七年七月。一八四五年，也是七月，他做了一件重要的事情——在麻省康珂（Concord）鎮的華爾騰湖畔林中，親手蓋了一座小屋，在那兒隱居了兩年兩個月又兩天。梭羅絕沒料到的是，這個小小的生命實驗，在其後的一百多年，持續地影響整個世界。

華爾騰湖畔的梭羅，依靠耕作收成和做零工，證明他可以以每年六週的工作，換得一整年簡約的生活所需，其餘的三百天他得到了閒暇和獨立，可以自由地閱讀、思考、寫作，把文明的繁瑣盡數剝去：「我的實驗顯示：如果一個人信心充分地朝他的夢想走去，並且努力地照他想像中的方式過活，便能達成他的目標，……（這時）他的內心和周圍會建立起新的、更有普遍性、更不局限的法則；或者舊的法則會增益開闊，使他臻於生命的更高的秩序裡。他的生活愈簡化，宇宙的定律就愈變得單純，於是孤獨不復是孤獨、貧困不復是貧困，柔弱也不復是柔弱。」《湖濱散記》在一八五四年出版，是他力行這個信念而留給世人的一個記錄。

但這個隱士日子過得絕不平靜。一八四六年的五月，美國發動了對墨西哥戰爭，在湖邊耕讀的梭羅認為這個戰爭意在吞併美墨邊境上的德克薩斯，人民無義務繳稅來支持政府進行這樣不義的戰爭。更重要的是，當時蓄奴在美國依然合法，使梭羅痛心疾首，「我一刻都不願承認這個奴隸的政府也是我的政府」，當然更不要期望他繳稅來支持這樣的政府了。不繳稅的結果是有一天梭羅被稅官遇上，捉進牢裡，坐了兩天牢。為這件事他寫了他最出名的論文〈不服惡法論〉

梭羅，1856年，Benjamin D. Maxham攝，修復照。

（"Civil Disobedience"），主張人對政府不公正的措施應該以撤銷支持來迫使它改善。這篇文章措詞的銳利和邏輯的嚴謹，以及——更重要的，它的命題的具普世性，使它日後在歷史上一再產生巨大的影響，絕非梭羅或他同時代的人所能想像。

梭羅也常在他的小屋協助逃跑的黑人奴隸，甚至護送他們去庇護的祕密組織。當激烈的反蓄奴主義者布朗(John Brown)父子被絞刑處死時，聽到消息的梭羅憤怒地爬到他所住的康珂鎮公所的鐘樓上，奮力敲響政府的「喪鐘」！

梭羅的思想受到一點東方哲學的影響，但他全然不是一個東方式的隱者：他固然能夠全心投入自然，自謂所有大自然的盛典他都在仔細「觀禮」，但卻同時是一個激烈的社會批判者，而非寒江獨釣、帝力於我何有哉的東方隱士。

梭羅只活了四十四歲短暫的一生。用俗常的標準來看，可以說困頓以終。他在二十歲時

第一版湖濱散記。

（一八三七）自哈佛大學畢業，回到他所生長的康珂鎮的一個小學教書，但只教了幾天就因為被迫體罰學生而辭職。此後他做過木匠、石匠、土地測量員，在他父親的鉛筆廠幫過忙、和他哥哥在家裡收過學生教書，但是，一直到一八六一年他四十四歲過世，梭羅再沒有過一個正式職業。他生前總共出過兩本書，第一本《康河和梅河上的一週》（*A Week on the Concord and Merrimack Rivers*）在出版後的五年裡只賣掉了兩百多冊。《湖濱散記》是他的第二本書，也一樣滯銷。出版社把賣不掉的書退還他時，梭羅自嘲：「如今我有了九百多本藏書了，而且當中七百多本都是我自己寫的！」

但是十九世紀末葉開始，人們重新發現了梭羅。他的傳記、作品被一再編印出版。《湖濱散記》已成文學史上重要的自然生態書寫經典。梭羅的地位充分反映在這本書的出版現象上，尤其在二十世紀中葉，英文版本在一九四八年一年中便出了六個版本，一九五八年十一個版本，一九六八年二十三個版本。六、七〇年代，回歸自然的呼聲隨著嬉皮風席捲全球，《湖濱散記》更成為青年一代的聖經，各國譯本迄今不計其數，單中文翻譯，就不下五種之多。

但長不過萬言的〈不服惡法論〉更是影響深遠，一個半世紀來一再在人類爭取公理的奮鬥中成為他們的啟示，且得到最後的勝利。聖哲甘地的印度獨立運動、丹麥在二次大戰中的反納粹入侵、馬丁・路德・金恩博士的黑人人權運動都是著例。這篇文章近百年來在各種《湖濱散記》的版本中都以附錄的方式出現，幾乎已經變成了《散記》的一部分。

梭羅死時（一八六一年），林肯總統剛開始發動解放黑奴的南北戰爭，英年早逝留下的遺憾，也許是他不及親眼看到林肯在四年後打贏內戰，完成了他的心願。

（二〇〇五年七月二十七日　聯合副刊）

文學史上最灑脫的受難者
——顛躓困頓的蘇東坡

感傷的能力是天才的特質，和人性陰暗面相遇是高貴心靈的宿命，東坡不是例外。這種特質和宿命主宰他人生的轉折，但如何面對卻是他選擇的態度……

倘若我們要選一個中文經典中最可敬愛的作者，我的一票——我相信還有很多人的，都會投給東坡居士蘇軾。蘇東坡差不多是中國儒家和道家兩種入世出世境界的理想代表，還加上一點佛家的神祕主義；在非凡的天才、受苦的謫星，和紅塵跋涉的力行者之間，他恰恰成就了文學所能期望的一個稀有典型。

蘇東坡詩、詞、書、畫、文章都好，而且不是普通的好，是幾千年的中文大歷史中，絕頂好的少數幾人之一。此外，他還是美食家、藥師、躬耕的農夫、為地方築堤建壩、引進稻種、植樹鑿井、開設孤兒院和醫院的流放官吏……。在波濤起伏的一生中，他留下三千多首詩詞，和包含了四千多篇文章、序、跋等資料的文集。更難得的是，在他的各類書牘箚記中有不少自述性資料，加上他人的記述，後世對蘇東坡的生平所知，遠多於大多數傳統中國文人學者。

東坡在父親蘇洵及母親程夫人的教導下，和弟弟蘇轍一起成長，父子三人日後均名列唐宋八大家。二十歲時東坡入京應試，歐陽修適為主試，讀其文而大稱「快哉！」說自己該「避路」(閃一邊去)，「放他出一頭地也。」而一朝中舉的蘇東坡，一方面文名動京師，另方面也因「秉性剛拙，議論不隨」，不斷招致小人陷害。在王安石變法導致新舊黨傾軋的混亂政局中，蘇東坡注定了他一生顛沛的仕途。四十歲以後蘇東坡大部分的歲月都在荒江僻地、海角天涯的謫貶流放中度過，「問汝平生功業，黃州惠州儋州」是他的自嘲；然而這其實是「以偏概全」，因為包括被貶和自請「下放」，他的足跡遍及杭州、密州、徐州、湖州、黃州、汝州、常州、潁州、揚州、定州、惠州、儋州……，其中定州在華北，密州近山東海隅，儋州是今天的海南島。蘇東坡可說幾乎踏遍了宋室管轄的國土。他的謫貶，一處比一處偏遠，海南在當時是流放重刑犯的南蠻不毛之地，少有人去了能夠生還，而此時蘇東坡已經六十二歲！

蘇東坡反對變法的「與民爭利」，但新法之利民者他並不反對，其結果是兩邊都有人不喜，使他既遭變法新黨迫害，也遭舊黨保守勢力貶逐。四十四歲時他被新黨小人陷害下獄（即著名的「烏台詩案」）幾乎瘐死，朝野震動、交相救援，連已經退位隱居的王安石都出而上書神宗：「豈有聖世而殺才士者乎？」東坡總算得免而改貶放黃州。然而到了地方任官，看到生民困苦，他仍不改初衷，不斷上奏言新法之失，既不為受迫害的慘痛教訓而噤聲，也不為感念安石的相救之恩而放棄言責。

不過，五年後（一〇八四年）調任汝州，路過建康時，他特去拜訪退隱的王安石，兩人暢談古今；《苕溪漁隱叢話》記載安石在東坡告辭後歎息：「不知更幾百年，方有如此人物！」——兩位不世出的人物的這場會面，真是大人物胸襟的最好示範，也是美麗的世紀之會！次年（一〇八五年）舊派復位，蘇東坡被召還朝，得授翰林學士的重任。這是東坡一生中最位高權重的時期。但他看到司馬光和文彥博執掌大權，貶逐新黨，盡廢新法，因不能苟同而和司馬光爭辯，於是又自請離開。

在此後新舊黨的惡性爭鬥中，蘇東坡一次次遭貶，一直到他六十六歲自海南請求退休。這時雖獲准返鄉，但中途得病，換算西曆，一一〇一年的八月二十四日歿於江蘇常州，有生之年都沒能再回到京畿或故里。

是了，這就是我們歷史上一位「不知幾百年方有」的人物所遭受的待遇！這麼顛躓流離、親故生死相違的無奈人生，東坡必然不能無憾。然而蘇東坡也始終用一種幾乎可稱愉悅的態度來面對。林語堂在他著名的英文蘇東坡傳記*The Gay Genius*中，說東坡是「秉性難改的樂天主義者」(an incurable optimist)。我們卻恐怕要覺得，不，東坡不是樂天：感傷的能力是天才的特質，和人性陰暗面相遇是高貴心靈的宿命，東坡不是例外。這種特質和宿命主宰他人生的轉折，但如何面對卻是他選擇的態度。東坡看到總角之交章淳掌權後要置他於死地，一起研討藥經的同事沈括竟是密報陷害他的人，而貶居之地往往草萊未闢、所居不蔽風雨，「一夕或三遷，風雨睡不知，黃葉滿枕前」，其甚者「食無肉，病無藥，居無室，出無友，冬無炭，夏無寒泉……」。在這樣的境遇裡，他選擇親身開荒播種、挑水砍柴，研究藥理，教導鄉民改善耕作方式，甚至從有限的食材中研發烹食之道……。他的愉悅，來自自我人格的完整，也來自廣博的知識和廣泛的興趣，使世界即使橫逆困苦，依舊生趣盎然。

灑脫於東坡，是一種能力：蘇轍記載他這個哥哥，從小「有山可登，有水可浮」就「翩然獨往，逍遙泉石之上……」這樣能自得於大自然景致的能力，使得他只要得一清景，便怡然而喜，「凡物皆有可觀。苟有可觀，皆有可樂，非必怪奇瑋麗者也。」傳唱千古的前後〈赤壁賦〉中，東坡既解悟人生乃「寄蜉蝣與天地，渺滄海之一粟」，但也能隨時領會「霜露既降，木葉盡脫，人影在地，仰見明月」的美感，「顧而樂之」。他的多數最好的作品都完成於黃州以後的謫貶時期。也許，被剝奪了宦場利祿，又意外跋涉了無數山巔水涯，才給了東坡這個不世出的才士更開闊的人生歷練和更灑脫的人生選擇，也留給我們罕有的豐碩作品和珍貴的人格典型；這，其實是歷史給予後世的幸運了！

（二〇〇五年八月十七日　聯合副刊）

文學史上最荒誕的悲劇英雄
——執戈追夢的唐・吉訶德

全書的結尾，吉訶德終於體認到騎士世界的虛幻，清醒過來。然而恢復理智的騎士也失去了生命的活力，抑鬱死去……

西班牙的賽凡提斯(Miguel de Cervantes Saavedra, 1547-1616)在一五四七年的九月生於一個破落貴族家庭。他的一生，充滿戲劇性卻也悲慘；但悲慘的賽凡提斯寫了一部讓他同代的讀者捧腹開懷，讓他的後代讀者掩卷深思的小說《唐・吉訶德》(*El ingenioso hidalgo Don Quixote de la Mancha*)。過了超過四個半世紀，二〇〇二年，瑞典的諾貝爾獎協會徵詢了分布在世界各國的一百個著名作家，請他們選出心目中人類歷史上最偉大最有意義的一部文學作品。選出來的結果，不是《戰爭與和平》不是《李爾王》不是《尤里西斯》，而是《唐・吉訶德》。一百個顯赫的作者中，有五十三個都把票投給它。——騎著駑馬執著長矛，帶著傻氣可掬笑料百出的侍從桑丘(Sancho Panza)從西班牙的中古鄉村走出來的老騎士唐・吉訶德，東奔西逐四個半世紀後，打敗了歷史上所有作者筆下的英雄美人、癡男怨女，成為當代才人心目中的第一號文學角色！

西班牙馬德里市區的唐・吉訶德與桑丘鑄像。

其實，吉訶德自從一六〇五年被賽凡提斯創造出來，就開始了他彪炳的功業了——他第一個打敗的就是跟自己同類的中古騎士文學，當然連帶的，還有為護主忠君或博取美人芳心而冒死犯難屠獅搏龍的騎士精神。這本來也是賽凡提斯的目的：《唐・吉訶德》是寫來嘲弄騎士精神的。歐洲在十四世紀起就漸從中古黑暗時期走向文藝復興，原本神權獨大、沉悶封閉的封建王朝，漸漸轉成較以人為本、自由開放的社會，商業的繁榮、知識的普及也隨之而來。但西班牙卻在十五、六世紀海權擴張的同時，因為內政不修、戰爭不斷，中下階級生活陷於蹇困痛苦。在這種情況下，有趣的是，無數的浪漫騎士故事卻風行有如麻醉劑，儘管有識之士一再呼籲，也遏止不了；十六世紀後期西班牙國會還曾一度想立法禁讀，但一直到一六〇二年，依然有大賣的騎士文學推出，整個西班牙彷彿想藉由虛誇的理想勇士的情節，抓住中古的餘暉；它的文藝復興，也因此比先進的義大利等地，整整晚了一個多世紀！

但這時，年過半百歷盡滄桑的賽凡提斯已經開始在塑造他的荒謬英雄唐．吉訶德了。賽凡提斯大概只受過一點神學教育，二十二歲投身軍旅，第一役就左手中槍變成殘廢，但後來仍隨軍轉戰希臘、義大利等地，好不容易要束裝回鄉了，竟在海上遭遇海盜，被帶到阿爾及利亞後又一再遭轉手販賣，過著奴役的日子，直到一五八〇年才由家人贖回。回到西班牙的賽凡提斯做過軍需採購、稅官等工作，又一再遭誣陷鋃鐺入獄。此人之歹命，也可稱作家中少有了。但是這麼豐富多樣的生命經歷，必然使他想像的空間無限廣大，那些愚民式的騎士故事風尚，其浮誇淺薄必也使他在心中訕笑吧。

一六〇五年，吉訶德終於在賽氏筆下誕生了，這個讀了太多騎士故事，終於走火入魔的老貴

EL INGENIOSO
HIDALGO DON QVI-
XOTE DE LA MANCHA
Compuesto por Miguel de Ceruantes
Saauedra.
DIRIGIDO AL DVQVE DE BEIAR,
Marques de Gibraleon, Conde de Barcelona, y Bañares, Vizconde de la Puebla de Alcozer, Señor de las villas de Capilla, Curiel, y Burgillos.
Ano, 1605.
Con priuilegio de Castilla, Aragon, y Portugal.
EN MADRID, Por Iuan de la Cuesta.
Vendese en casa de Francisco de Robles, librero del Rey nro señor.
1605年版《唐吉訶德》扉頁。

族，找到一匹他視為舉世無雙的瘦馬，又把鄰村一個村姑想像成貌賽天仙的美人，可作為仰慕愛戀的對象，加上竟有個跟他的滿懷理想成對比，卻又忠心耿耿、護主心切的桑丘一路侍隨，於是執著長矛的主人帶著肥短的僕人，英勇出發，看到羊群當是敵軍，面對風車擺出衝鋒的架勢……。兩人永遠傷痕累累鎩羽而歸，但勇敢高貴的騎士絕不撤退，隨著他們的瘋狂行徑愈來愈出名，一路不少人設局讓他們上當，引為笑料。全書的結尾，吉訶德終於體認到騎士世界的虛幻，清醒過來。然而恢復理智的騎士也失去了生命的活力，抑鬱死去。

《唐・吉訶德》幾乎一上市就大賣，書裡的荒謬英雄，藉了他的行動反諷，竟一舉拔除了在西班牙流連不去的中古陰魂。詩人拜倫(Lord Byron)說得好：

在塞萬提斯談笑的頃間
西班牙的騎士精神灰飛煙滅
一笑而斷去他祖國的右膀——
從此西班牙只剩了凡夫之輩

賽凡提斯之後，西班牙騎士小說的風尚確實完全沉寂下來。

《唐・吉訶德》故事裡英雄悲劇以終，但在文學世界裡，四個多世紀來他持續衝鋒陷陣，迄今已有超過六十種語言的譯本，改編成舞台劇、樂曲、舞碼、電影、卡通動畫等形式的作品不勝枚舉。越到近代，世人越在老騎士的愚行、執著、純真和孤涼悲愴中看見深沉的意義，也從吉訶德和桑丘的對照典型中，重新詮釋作者埋藏的寓意。只是，歹命的賽凡提斯終究也是困頓而終，世人甚至不知道他葬身何處。倘若他知道到了二十一世紀，竟連莎士比亞都被他打敗了，也許會比吉訶德力擋風車更覺欣慰吧。

（二〇〇五年九月十四日　聯合副刊）

文學史上最使人扼腕的諾貝爾獎落選人

——誰錯過了托爾斯泰？

一個世紀來，這個世界每一個有文明的角落，都一定有人持續從托爾斯泰的作品中領會文學的深度和高度。讀者從沒有錯過托爾斯泰，只有諾貝爾獎錯過了他……

第一屆諾貝爾文學獎是在一九〇一年頒發的，當時，文名鼎盛而且健在的作家，至少就有契訶夫(Anton Chekhov)、馬克吐溫(Mark Twain)、易卜生(Henrik Ibsen)、康拉德(Joseph Conrad)、王爾德(Oscar Wild)和托爾斯泰(Leo Tolstoy)等人。但是，諾貝爾的第一頂文學桂冠，給的是一個叫做Sully Prudhomme的法國詩人。

今天，全世界知道Sully Prudhomme這號人物的大概沒幾個了，但另外幾位，尤其是托爾斯泰，名字卻如雷貫耳。聽到原來當年諾貝爾獎有機會頒給他而竟失之交臂的，大概都難免要頓足說豈有此理。事實上，托爾斯泰在第一屆和第二屆諾貝爾獎都獲得提名，沒得獎的理由是評審不喜歡他的無政府主義立場和怪異的宗教信仰。第六屆，托爾斯泰又得到推薦，他急忙寫信給一個北歐作家，託他無論如何阻擋下來。至於是阻擋成功還是又未獲評審青睞就不得而知，總之直到四年後托爾斯泰以八十二歲高齡去世，諾貝爾獎都沒頒給他，托氏也成了文學史上諸多可能得而未得獎的作家中，引起世人最多惋惜的一位！

當然，任何獎，都有主觀成分，難以教每個人信服。諾貝爾獎本來就是西方本位的產物；打開得獎名單，從一九〇一到一九二九年，連續二十九屆，除了第十三屆給了印度的泰戈爾（Rabindranath Tagore，但印度當時是英國殖民地），其餘全是歐洲的作者；連英語國家的美國，

Ilya Repin所繪油畫〈赤足的托爾斯泰〉(Leo Tolstoy Barefoot)。

都得等到第三十屆，才終於由辛克萊・路易士（Sinclair Lewis）為她贏得第一座文學諾貝爾獎。至於第一位真正的東方作家，則要再等三十八年，一九六八年由日本的川端康成獲獎。再過三十二年，才出現了第一位華人得獎者高行健（但高行健代表的是法國）。

不得獎的托爾斯泰，結果成為諾貝爾獎名單永遠的遺憾。事實上就在一九〇一年第一頂諾貝爾桂冠沒頒給他的一個月後，托爾斯泰就收到來自瑞典四十幾位作家聯名的信，信中說他們認為他才是第一個該得獎的偉大作者，主導頒獎事宜的機構根本「既不能代表大眾，也不能代表文學界的判斷……」在許多類似的信紛紛寄到後，托爾斯泰作了一個回覆：

> 親愛的朋友們，其實我真高興這個獎沒頒給我。首先這使我不必煩惱怎麼去用那筆錢，金錢無非是帶給人邪惡的東西；其次這件事使我意外地得到這麼多陌生人同情的來信，使我愉快又感激……。

這話倒不是矯情。一九〇一年托翁七十二歲，久已是一個出名的素食、禁欲、因宣揚直接返求諸心認識基督真諦而被逐出教會的苦行者，也是從富裕的貴族之家散盡家財的激進人道主義者。莫說獎金對他並無意義，即便榮銜的光環，他大約也真是視之如浮雲了。

啣著金湯匙出生的托爾斯泰，青年時期就曾經投身農業改革，因為得不到農奴的信任宣告失敗，也使他一度陷於幻滅，過了一段酗酒賭博的沉淪生活。後來又從軍參加克里米亞戰爭，親身經歷戰爭的殘酷則使他日後逐漸成為極端的和平主義者。托爾斯泰在三十九歲完成《戰爭與和平》，四十九歲完成《安娜卡列尼娜》。他一生的作品包含小說、劇本、論述將近三十種，但《戰爭與和平》和《安娜卡列尼娜》已足使他躋身小說成就的顛峰；眾多本身也光芒耀眼的作者，如吳爾芙夫人(Virginia Woolf)、普魯斯特(Marcel Proust)、福克納(William Faulkner)，都不保留地稱譽他為最偉大的小說家。

《戰爭與和平》是磅礴的大時代史詩，以拿破崙揮軍入侵莫斯科為背景，寫出三個俄羅斯貴族家族在經歷戰爭洗禮和生活歷練中，對人生真諦的體驗；也呈現了十九世紀帝俄社會與政治變遷的時代形貌。《安娜卡列尼娜》則是由兩個婚姻故事所交織展現的社會寫實，其中安娜對愛情的追求與破滅，既塑造一個女性悲劇典型，也深刻探索兩性關係與婚姻的本質。托爾斯泰的小說，無論題材多麼不同，裡面都充滿他自己的影子：對貴族的批判反省，對農民的同情，宗教救贖，道德教育，社會正義……這些托爾斯泰從成長期起就不斷思索，也身體力行的生命課題，在他的主要小說裡都找得到代言人。使他偉大的，既是作品本身的龐大開闊，也是小說結構的縝密與敘事技巧的高超，但更重要的，是當中對人性的思索與人道的關懷。一個世紀來，這個世界每一個有文明的角落，都一定有人持續從托爾斯泰的作品中領會文學的深度和高度。讀者從沒有錯過托爾斯泰，只有諾貝爾獎錯過了他。

托爾斯泰生於一八二八年的八月二十八日。

（二〇〇五年八月三十一日　聯合副刊）

文學史上最機鋒處處的作者

——王爾德和他的語言

王爾德嘲弄愛情：「終身的愛情與短暫的迷戀，唯一的差別在於迷戀比較持久。」……

中文世界裡，莊生善諷，孟夫子機智，東方朔能滑稽；近代如魯迅、錢鍾書，雖風格殊異，也是善謔好諷之屬。事實上，測試大文明的指標之一，便是這個文明能把語言的藝術提到怎樣的高度：莊嚴、綺麗固然各擅勝場，集合諷刺戲謔和捷才於一體的機鋒，卻更每每出人意表而直刺要害，使人會心或稱絕——不過，前提大約得是被「刺」的是別人——我們都欣賞玫瑰，但沒人希望戳傷的是自己。

而在文學世界裡要問誰最富語言機鋒，恐怕十個評者九個會先想到王爾德(Oscar Wilde, 1854-

1900）。是的，那個在一八八二年初抵美國訪問時，海關問他有沒有要報稅的東西，答說「沒有，除了我的天才」的狂士王爾德。

王爾德生於愛爾蘭的都柏林，父親是著名的外科醫生和人類學研究者，母親是活躍於愛爾蘭民族運動的詩人，王爾德因而自幼便有機會親炙許多當時重要的文人學者。二十歲時他獲得獎學金入牛津大學就讀，四年後在畢業考連得兩個第一名，以被稱為「雙料第一」(Double First)的優異成績畢業，可以說是十九世紀「大學才子」(university talent)之尤。這個才子，成年以後的歲月大多在倫敦度過。這時的英國，維多利亞後期的禮教繁縟和道德信條的僵化都達於顛峰，對王爾德來說，處身於此時的倫敦是幸也是不幸。幸運的是他的嘲諷長才得到最好的表演舞台和譏刺對象，不幸的是，當時的倫敦固然見證了他粲如蓮花的語言魅力，卻也不吝於給他排山倒海的打擊乃至最後殘酷的對待和羞辱，導致他最後潦倒死於異鄉，得年僅四十六歲。

王爾德肖像，Napoleon Sarony攝。

王爾德自少年時就喜歡驚世駭俗之舉，據說曾手持罌粟花或百合花走在倫敦著名的Piccadilla大街上，也曾穿著流蘇綴飾的天鵝絨外套、長黑絲襪、絲質襯衫配上綠領帶赴宴，名言是服裝改革比宗教改革還重要。這話真正的意思應該是：藝術比道德重要——王爾德是唯美主義的信徒。「我在寫劇本或書的時候關心的只有文學。也就是藝術而非善或惡……」他的幾部最傳世的作品，如小說《少年格雷的畫像》（*The Picture of Dorian Gray*,1891）；劇本《溫夫人的扇子》（*Lady Windermere's Fan*, 1882）、《莎樂美》（*Salome*, 1982）、《理想丈夫》（*An Ideal Husband*, 1885）、《不可兒戲》（*The Importance of Being Earnest*, 1885）等，都充滿了機巧的語言，雖然常藉由主人翁的對話與辯論來傳遞他的道德質疑與對世相的嘲諷，也往往為戲謔而戲謔，處處語不驚人死不休。他諷刺教育斲傷人的本質：「無知是一觸即碎的奇花異果——真幸虧英國的教育什麼效用都沒有！」歌頌美麗：「祇有膚淺的人才不以貌取人。」嘲弄愛情：「終身的愛情與短暫的迷戀，唯一的差別在於迷戀比較持久。」解剖人性：「所謂自私，就是並非自己過自己要的生活，而是叫旁人過你要他過的生活。」「我唯一抗拒不了的事，就是誘惑而已。」「經驗就是每個人對自己的過錯所給的名稱。」……很多王爾德的名言警句，事實上要放在作品或談話現場的上下文才看得出妙處，這也是所以《溫夫人的扇子》推出後，幾年間他的名作源源而出，每場演出都博得滿場哄笑和如雷掌聲，但伴隨而來的，則是評論界和倫敦名流對他的撻伐攻訐。畢竟，他的嬉笑怒罵，除了顯示他對俗常道德觀的不耐，也揭發了英國中上流社會的庸俗與偽善！

但是，公平地講，王爾德其實並不反道德，而是反偽善和庸俗的道德。他的故舊在很多年後談到他，都說他永遠吐屬優雅，行為合度。他的作品中，少年格雷以美貌遮掩罪惡，但沒逃過毀滅的懲罰；溫夫人為挽救女兒免於身敗名裂，不惜毀棄自己的名節，儘管女兒全然不知；……王爾德其實有著對人類內心之愛細膩的觀察與深刻的同情。這點，我們如果看他的一些美麗溫暖的童話，諸如在寒冬把身上所有東西，包括寶石做的眼睛，都施捨給窮人的「快樂王子」雕像，諸如因為對美人魚的癡愛，而捨棄靈魂，但也因為愛又喚回自己的靈魂的漁夫……，更能證明。

只是，隨著名聲逐日遠播歐陸美國，厄運已等在前方。王爾德犯了當時社會所不容的同性戀「罪行」。一八九五年，他被交往的對象，一位貴族美少年Lord Alfred Douglas 的父親惡言羞辱，王爾德上法庭控告，竟然敗訴反而變成被告，被判入獄兩年，家產也隨即被拍賣劫掠一空。我們如果知道控告他的Queensberry爵士，自己曾把情婦帶進家門，導致妻子離婚求去，還曾在大街上跟自己的另一個兒子大打出手，則他和王爾德哪一位道德更高尚，也就不難判知。

王爾德的判決是文學史上最著名的同性戀案件。他在瑞丁(Reading)監獄拘禁將近兩年，吃盡苦頭，但獄中在紙筆近於不可得，更無參考書籍的

王爾德和他的同性情人Lord Alfred Douglas攝於1893年。

情況下，他所寫的書信，身後集成《獄中書簡》(*De Profundis*)，仍顯示了這個才子旁徵博引，辯才無礙的文采與淵博。

然而出獄後的王爾德，儘管才只四十四歲，已經銳氣盡銷。他發現自己在倫敦已無立身之地，只得改名換姓遠走巴黎，兩年後的十一月三十日，死在巴黎左岸的一個小旅社。

然而舌粲蓮花的王爾德並沒錯過在死前留下臨終名言：「我跟我的壁紙要決鬥到最後一刻，我們總有一個得先走。」他討厭的那壁紙在他死後被拆下，房間照他在倫敦的居處改裝以作為對王爾德的紀念。

(二〇〇五年十一月二十三日　聯合副刊)

文學史上最隱晦的詩人
——艾蜜莉・狄金生和她的自我幽囚

狄金生的詩，奇特地，越過它們的創作者殊異的人格特質，也超越了她幾乎刻意隱匿的存在，在她身後大放光芒……

這個世界，處處可以是作者的行蹤：屈原有他行吟的澤畔，蘇東坡有他一再謫放的天涯，傑克・倫敦(Jack London, 1876-1916)有他的荒漠北極，費滋傑羅(F. Scott Fitzgerald, 1896-1940)有他的燈紅酒綠，而海明威，有他的狩獵場和戰地……。其他人，即或沒這麼戲劇性，至少都有一定廣度的生活經驗，作為寫作素材的來源。像艾蜜莉・狄金生(Emily Dickinson, 1830-1886)那樣，一輩子住在她出生的屋子裡，二十幾歲還是青春年華就開始足不出戶的，大概少有別的例子了。

她在五十六歲時因腦膜炎過世，一生當中至少有三十年，過的是自我幽囚的日子。

狄金生身後留下了一千七百多首詩，生前發表的卻只有七首(其中有兩首重複，所以嚴格講只有五首)，並且是別人替她投出刊登的；就詩人的身分來說，她生前近乎沒沒無聞。但死後她妹妹將她的詩稿交給出版社，一八九〇年單卷版出書，立即就引起注意。隨後幾年狄金生詩集不僅一再出版，連她的書信集也緊接著在一八九四年整理問世。進入二十世紀後，狄金生作為十九世紀最重要美國詩人之一的地位，也逐漸確定，一九五〇年，她的全部手稿由哈佛大學購齊，出版全集。

狄金生家世相當顯赫，祖父是麻省Amherst學院的創辦人，父親曾任美國國會參院和眾院的議員。以這樣的家庭背景，狄金生很有機會活得眾星拱月，熱鬧繽紛。但她一生卻只留下一張約二十歲左右時拍的，輪廓清麗但沒什麼表情的照片；所有的傳記，則都只能從她的書信去努力想像各種可能的蛛絲馬跡。這個女子，是的，在她青春盛放的歲月，就選擇了把自己幽禁在一個屋

美國著名女詩人艾蜜莉・狄金生生前唯一的一張照片。攝於1848年左右。

簷下。她做家事，她一首又一首寫不期待讀者的詩。即使對左鄰右舍，她也只是偶爾素衣在窗前閃過的身影。

研究狄金生的人，最好奇的都是她的感情生活。狄金生沒留下任何談戀愛的具體紀錄。但書信中有不少詞語熱切的信是寫給某位特定異性的，信的抬頭是master，對方顯然是個長輩：有人猜是她父親的一位法律界朋友，有人猜是一個編輯人，但總之無從證明。狄金生也跟一位女性朋友Susan Gilbert寫極熱情的信，用詞之親暱可以斷定兩人之間關係非比尋常。但後來Susan竟成為她的弟媳婦，兩人因此似有一段時間的不諒解，書信也就戛然而止。

狄金生的詩，奇特地，越過它們的創作者殊異的人格特質，也超越了她幾乎刻意隱匿的存在，在她身後大放光芒。早期的出版，讀者雖也立刻被她奇特的想像、精巧的譬喻所吸引，但多半對她完全不守格律規章的寫法不能認同。她任意斷句，句中句尾到處加破折號，韻腳不齊，又喜歡隨便大寫，就像這首〈靈魂選擇她自己的同伴〉（第一段）：

The Soul selects her own
Society -
Then- shuts the Door-

To her divine Majority-

Present no more-

……

她也不給自己的詩訂題目。後人替她出的詩集，只好都用第一行作題目——倒彷彿我們古代的《詩經》。但是越到二十世紀，英詩的格律式微，連康明思(e.e. Comings, 1894-1962)那樣在詩裡把一個個字拆得七零八落的都有，狄金生的劣勢反而變成優勢了。不管是愛情詩中的難解的隱喻，還是宗教想像中的神祕色調，或者歌頌自然時的細緻觀察，她的特立獨行和女性特質，都使二十世紀以來的讀者不僅接受，而且擁抱她。而狄金生自己，儘管孤僻自閉，刻意與外界隔絕，並沒有失去對自己作品的信心，她曾說，"If fame belonged to me, I can not escape her."——「如果名聲該屬於我，我絕逃不掉。」歷史也證明她果然沒有「逃掉」！

狄金生所處的時代環境，一方面是基督教的復興，一方面是一八六〇年代南北戰爭的發生。她的詩裡常可看到信仰的影響：冥冥中的主宰和神祕的永恆，都常是她詩中隱喻的主題；至於那幾乎撕裂了美國的戰爭，作為隱者的狄金生，顯然不特別關注。狄金生證明的也許是，文學是有可能完全不必對外界作回應，而依然成其「好」的。

除了唯一的一張照片，很多人也注意到狄金生特別的墓誌銘。狄金生死後就葬在居處不遠，墓碑上刻著「CALLED BACK」。原來是她過世前一天寫給表妹們的字條，"Little sisters, Called back."——表妹們，我奉召(要回去)了。——後來親人就把字條上Called back這兩個字作了她的墓誌銘。

這是狄金生遠行前向世界的慎重告知，卻恐怕也是最短的詩人墓誌銘了。

（二〇〇六年一月四日　聯合副刊）

文學史上最大的心靈揭發者

——佛洛依德和他窺見的意識暗室

跨越十九、二十世紀的學術巨人，很多都是猶太人，他們不是被屠戮就是被迫流亡海外；最著名的例子，一個是流亡美國的愛因斯坦，一個就是流亡英國的佛洛依德……

一九二六年，印度詩哲泰戈爾(Rabindranath Tagore, 1861-1941)訪問維也納，佛洛依德親自到旅館去看他。過後佛洛依德有這樣的記載：

十月二十五日，我們如約去看泰戈爾。他生著病，面帶倦容，可是真好看。他真就像我們想像上帝該長的樣子，只是比米開朗基羅在西司丁(Sistine)大教堂裡畫的，要老上一萬年。

這是很文學性的形容，誇張而生動。但其實這時泰戈爾才六十五歲，佛洛依德自己則已經七十歲；兩人當時都已名滿天下。泰戈爾對佛洛依德的心理分析一直有相當嚴厲的批判，這次會面後泰翁的態度逐漸有些改變，晚期甚至開始讚賞佛氏學說在文學批評上的應用。

佛洛依德的支持者和反對者一向壁壘分明；泰翁的例子，是他少有的一次化敵為友的勝利。佛氏所引發的爭議，至少該推溯到一九〇〇年，他的劃時代著作，《夢的解析》（*The Interpretation of Dreams*）問世。《夢的解析》出版之前，佛洛依德從一個年輕的神經病理醫生，一步步變成人類行為的探索者。他研究催眠治療、研究歇斯底里徵狀、研究古柯鹼對行為的作用、研究心電感應……一八九五年，他開始以自己為對象，解析自己的夢；次年，心理分析（psychoanalysis）這個字頭一回出現，終於有四年後《夢的解析》的面世。佛洛依德認為夢是行為的第一種變貌，跟歇斯底里、強迫症、恐慌症一樣，透露表層行為的底蘊。他在書中以自己的夢為例，解說夢如何反映我們的孩提經驗，更如何包裝了我們壓抑的欲望。

在《夢的解析》之後，佛洛依德源源發表了《日常生活的心理治療》（*The Psychopathology of Everyday Life*）、《性學三論》（*Three Essays on the Theory of Sexuality*）、《玩笑與潛意識的關係》（*Jokes and their Relation to the Unconscious*）、《達文西與其幼年回憶》（*Leonardo da Vinci and a*

Memory of his Childhood)、《圖騰與禁忌》(*Totem and Taboo*)等著作；一方面他的學說擴延到文學藝術及其他社會文化和社會科學的領域，一方面也逐步建立起他的以潛意識和「性」作為行為主導力量的理論體系。在佛氏的詮釋裡，沒有一句我們無意中說錯的話，或一個無意識的動作，不指向一個必然的意圖；也沒有任何人生的歷程，不和一個人與生俱來的性發展階段牢牢連結。

為了使他的理論更容易被了解，並且得到更權威的證據，佛洛依德從經典中取例，我們因此有了取自希臘悲劇殺父娶母的伊底帕斯國王悲劇故事的「伊底帕斯情結」。這個情結，佛氏也套用在達文西和哈姆雷特身上。我們也看到他用當時一位德國小說家Wilhelm Jensen 借神話人物Gradivius所寫的Gradiva故事，一個考古學家藉由夢境和其中的性愛關聯的啟示，自行為狂亂中得到解脫。佛洛依德以之闡說夢的治療功能。

佛洛依德是絕對理性的，但也是專斷的，不管「伊底帕斯情結」或Gradiva，都使我們質疑，命運作弄下的伊底帕斯國王，或小說家虛構的Gradiva，如何能輕易地就成為行為公式的證據。但重要的是，佛氏不管是夢的理論、性的原欲動力，或舉例的演繹邏輯，破綻雖多，卻同時也指向了人類對自

弗洛伊德肖像，1922年，Max Halberstadt攝。LIFE Photo Archive。

身理解的許多暗角，透露出相當程度的真理性；引來的撻伐和背離雖不少（和他由親密戰友漸成陌路的，便包括了他早期最重要的合作者Wilhelm Fliess醫生和他的最有名的弟子榮格Carl Jnng），其影響之大卻蔚為世界性風潮，且歷久不衰。

去看望泰戈爾時，七十歲的佛洛依德已知自己罹患了口腔癌；身為猶太人，他也意識到希特勒對猶太人的迫害日益逼近。在一次接受訪問時他表達了他的憂慮，但同時明說，因為迫害，反而促使他揚棄自己的德國認同。這段話與我們的孟夫子勸國家統治者不要「為淵驅魚」有異曲同工的意味：

> 我使用的是德文，住在德國文化的世界裡，精神上我一直自認是德國人；但在我注意到德國和奧地利的反猶太氣焰日益升高以後，我寧願相信自己是猶太人。

希特勒的愚昧，造成的固然是猶太人的浩劫，也是德奧這些日爾曼種族國家自己巨大的損失。跨越十九、二十世紀的學術巨人，很多都是猶太人，他們不是被屠戮就是被迫流亡海外；最著名的例子，一個是流亡美國的愛因斯坦，一個就是流亡英國的佛洛依德。

一九三三年，希特勒焚書，佛洛依德的書也在被燒之列。一九三四年，佛洛依德著手寫《摩西》(*The Man Mose*),一本研究猶太主義和反猶太意識的書。一九三六年,佛洛依德八十大壽,著名德文作家湯瑪斯曼,也是佛氏的長期崇拜者,發表了著名的講辭〈佛洛依德與(世界的)未來〉(Freud and the Future)賀壽;來自全世界的賀電包括了畢卡索、史懷哲醫生、愛因斯坦、吳爾芙夫人等等。兩年後,一九三八年,希特勒併吞了奧地利,進行對猶太人的逮捕。佛洛依德的住所遭到搜索,他最鍾愛的女兒Anna被拘禁了一天。英國政府這時緊急發給佛洛依德簽證,佛氏父女於六月六日抵達倫敦;但是在倫敦他只住了一年零三個月,一九三九年佛洛依德因口腔癌病逝,享年八十三歲。

佛洛依德在維也納住了差不多八十年,在倫敦只住了一年,兩地都有他的紀念館,但倫敦保留的佛氏文物更豐富。佛氏死前的最後日記寫著「戰爭的恐慌」(Kriegspanik)。——饒是最偉大的探究人類心靈的醫生,佛洛依德到底沒能探究出人類仇恨的本質,戰爭是人的「恐慌」,大概永無止期。

(二〇〇六年四月十二日 聯合副刊)

文學史上最悲觀的人性論者

——威廉・高定和他的《蒼蠅王》

《蒼蠅王》裡不是沒有高貴神性的人物，但他們卻先成了野心、蠻性的祭品。高定又是個有說服力的敘事者，那殘酷的結局是我們覺得真會那麼發生的，因而格外悲涼沉重……

一九八三年的諾貝爾獎得主，英國小說家威廉・高定(William Golding, 1911-1993)在發表獲獎演說時調侃自己：

自從二十五年前我不小心被冠上悲觀主義者這個稱號，它就變成了我的一個揮之不去的

> 標籤；就像拉赫曼尼諾夫寫了升c小調序曲後，再也沒有一場音樂會會在聽到這首曲子前讓他脫身，如今也沒有一個文評家在從我書裡找到悲觀絕望的線索前會善罷甘休……

說「二十五年前」，是因為高定的第一部小說《蒼蠅王》(*Lord of the Flies*)出版於一九五四年；這個作品使他成為二十世紀最重要小說家之一，也是他在二十幾年後獲得諾貝爾獎的代表作。一九五〇、六〇年代，《蒼蠅王》風行大學校園的程度，甚至使《時代》雜誌封高定為「校園王」(Lord of the Campus)。但《蒼蠅王》是一部使我們看到人性無底深淵的小說。在諾貝爾獎演說裡，高定接著說自己只是「寰宇的悲觀主義者」(universal pessimist)，但卻是「宇宙的樂觀主義者」(cosmic optimist)。這聽起來像是在玩語言的遊戲。高定自知夾纏不清，努力解釋說，在科學定律管轄的世界裡，他是悲觀的、臣服於以萬物為芻狗的造物主前；但是，當考慮到科學定律所管不到的精神世界時，他其實是個樂觀主義者。

威廉・高定，1983年。

那大約是說，如果我們看基因和本能，那些造物主所賦予人的質地，我們只能悲觀。高定的絕大部分作品，也都從這個角度著墨。《蒼蠅王》裡不是沒有高貴神性的人物，但他們卻先成了野心、蠻性的祭品。高定又是個有說服力的敘事者，那殘酷的結局是我們覺得真會那麼發生的，因而格外悲涼沉重。

《蒼蠅王》的背景設定在二次大戰期間。故事裡一群在英國念公學校的學童，大的不過十一、二歲，小的只有六、七歲，在搭飛機疏散到安全地方的時候，飛機失事摔落在太平洋的一個無人小島上。飛機上所有的成人無一倖存，島上因此只有這群孩子。地點在南太平洋，自然是氣候宜人景色美麗、隨處有果實可摘，島上且還有淡水可喝。這樣的背景，其實賦予了故事的發展幾個特定條件：

其一，英國公學校的小孩，通常來自中上家庭，是要培養成紳士軍官的材料；他們基本上有一點身分的自覺，也對民主社會的基本運作有一點耳濡目染。這些條件使他們所建構的團體模式，也在見證一個無外在干擾的雛形「民主」會如何發展。

其二，小島具備充分的伊甸園條件，成員又是比亞當夏娃更處於天真時期的孩童，我們立刻要忘下於這個樂園是否終將失落。這是高定的有意設計，但也是他對十九世紀的一本背景類似的故事，R.M. Byllantyne的《珊瑚島》（*Coral Island*, 1858）的顛覆。《珊瑚島》上歷險的英國少年建立了秩序井然的社會，高定在書裡兩度提到《珊瑚島》，卻讓我們看到同樣場景的另一個可能：他筆下的《珊瑚島》怎樣一步步退化成殺戮戰場。

其三，這些孩子沒有生存的威脅，但有著必須尋求救援的焦慮；更因為他們只是孩子，只有有限的知識憑藉和潛意識當中原始的恐懼。可以說，他們是配備了一點點現代社會運作經驗的原始人。高定必然也有意讓我們從中思考，所有人類社會發展的過程中，真正的考驗是什麼。

真正的考驗是人性。寫《蒼蠅王》時，二次大戰才結束不久，高定在戰時服役於海軍，並且曾參與諾曼地登陸。戰爭與殺戮中看到的人性使他對人的惡的本能有深刻的自覺，也因而悲觀。但是要在這麼小的天地和有限的人物中去完成一個普遍人性的切片，高定必須把它設計成一個隱喻——一如《紅樓夢》是一個隱喻，主要角色都代表了特定的性格或行為模式，而和整個故事的發展，共同完成一個理念的闡述。

《蒼蠅王》的主要角色，羅夫（Ralph）是一個領袖型人物，被選為首領，除了較年長穩重之外，也因為他揀到了一個大海螺，可用以發號施令，其義有如媒體或議場的麥克風。他同時也代表了理性、守法的力量。相對於羅夫，另一個主要角色傑克（Jack）則是生性殘暴、藐視法規，會動用自己的狩獵能力籠絡群眾，時時想奪權的野心家。故事裡還有個戴眼鏡的胖子小豬（Piggy），聰明有知識，但常因肥胖被嘲弄。他曾出言幫羅夫指責傑克手下沒顧好作為求救信號的營火，竟被傑克狠打，開啟了故事裡暴力壓制理性的起點。

作為讀者，我們多數最喜歡的也許是賽門（Simon），他是故事裡最具備本然的善，羞怯深思，能欣賞大自然的安詳美麗，但他卻也是當傑克欺負弱小時會挺身照顧他們；當全體陷入島上有怪獸的想像而恐懼不安時，勇敢地進山找出真相的人。他在山裡看見傑克所宰殺的大豬，血淋淋的頭懸在木樁上而周圍圍繞著大批蒼蠅的可怖景象（這個場景交代了書名的來由——「蒼蠅王」是希伯來文"baal-zevuv"，略等於魔鬼、撒旦之意）。賽門在彷彿幻覺的狀態下有一個接近靈視的體悟，發現眾人害怕的怪獸原來便在人自己的心裡。

等賽門發現「怪獸」原來是失事的飛行員和他的降落傘纏在樹梢造成的幻覺，他飛奔下山要告訴眾人真相，然而正大吃宰來的豬、狂歡舞蹈的孩子們，看到樹林裡有東西跑出來，立刻當是怪獸，全體撲上去，把賽門活活打死了。賽門成了有如先知耶穌一樣的祭品，而打殺他的人竟包括了羅夫和小豬——失去理性的群眾，即使是孩子，也會成為可怕的魔鬼，而善惡不復有分野。接下來，傑克陣營用大石擊斃了小豬，也粉碎了代表號令秩序的海螺。羅夫被追殺狂奔，傑克甚至點燃大火逼他現身，美麗的伊甸園岌岌然成焦土。這時看到火光的船隻適好到來，及時救了羅夫。抬頭看見一個海軍軍官的羅夫，最後痛哭天真的失去和摯友的慘死。

然而高定的絕對悲觀在於，他不僅讓一群有機會營造樂園的聰慧少年，把世界變成血腥屠宰場，他還不忘在最後加上按語：巡洋艦把孩童救走了，但接下來它卻要以同樣的方式去追殺敵人，又有誰能解救他們呢？

是的，人性不變，何來樂土？殺伐之心不歇，豈有救贖！

（二〇〇六年九月二十六日　聯合副刊）

演者狄更斯

——狄更斯二百年祭

英國是一個戲劇的國度，這跟英國歷史上戲劇人才輩出當然有關。但即使是最偉大的劇作家莎士比亞，他的演戲熱忱恐怕還遠遠趕不上小說家狄更斯……

今年的英國，有三樁舉世矚目的大事：伊莉沙白女王二世登基六十周年慶、倫敦奧運，和狄更斯(Charles Dickens, 1812-1870)二百年誕辰。登基和奧運都熱鬧過了，熱鬧的地點只在英國，甚至就集中在倫敦；只有第三樁，全球超過五十個國家都在輪番紀念，演舞台劇的、放映電視電影的、開研討會的、發行郵票的、辦展覽的、出書論述的……全世界各個角落，一整年到處發生。

沒人能忽略狄更斯！一個多世紀來，作為一個說故事的人，狄更斯影響了全世界。

一八七〇年，狄更斯過世，只活了五十八歲。英國人把他葬在西敏寺的詩人之角（Poets' Corner），那是英國給予文人的最大尊崇；訃聞說狄更斯「同情窮人、痛苦和受壓迫的人；隨著他的去世，這個世界失去了當代最偉大的英國作家」。直到一百多年後的一九八九年，柴契爾首相赴巴黎向密特朗總統道賀法國大革命二百周年時，帶的「伴手禮」還是狄更斯以法國大革命為背景的名著《雙城記》（*A Tale of Two Cities*），今年的女王登基六十周年慶，許多話題，包括BBC電視節目，討論的是女王對狄更斯的閱讀興趣；而倫敦奧運的開幕式，文化創意十足的展演中，也沒忘了展示給現場和電視機、網路上的全球數億觀者，狄更斯筆下工業革命時期倫敦的煙塵！

事實上，遠在亞洲的中國，第一個把大量西洋小說譯為中文的林紓，就已使滿清末年無數中文讀者認識了狄更斯，為他筆下的「孝女耐兒」（*The Old Curiosity Shop* 女主角Nell）、《塊肉餘生記》（*David Copperfield*）的苦兒大衛・考柏非、《孤雛淚》裡的Oliver Twist……義憤填膺、頓足垂淚！林紓甚至拿來和《史記》、《漢

狄更斯，約1867-1868年Jeremiah Gurney攝，Heritage Auction Gallery。

書》、《水滸》、《紅樓》作比較，認為中文多見敘悲敘戰，或宣述男女之情，狄更斯卻能——

……掃蕩名士美人之局，專為下等社會寫照……使觀者或笑或怒，一時顛倒，至於不能自已……迭更斯蓋以至清之靈府，敘至濁之社會，令我增無數閱歷，生無窮感喟矣。

以我們所熟知的林紓反對五四新文學，乃至於西學的立場，這樣的感動和揄揚，自非尋常。五四的重要作家裡，也少有不受狄更斯影響的。從偏遠的湘西跑到北京投入寫作的沈從文，就是因為偶然讀到林譯的狄更斯小說而下的決心；老舍則是因為讀了狄更斯的作品，自覺地擺脫了中國小說文體的拘束；周作人則明白說：「我們幾乎都因了林譯才知道外國有小說，引起對於外國文學的興味……」再過半世紀，當文革時期整個中國陷入文化摧殘的瘋狂中時，狄更斯大概是極少數還能被正面評價的西洋作者（雖然主要原因，應該在於他被定位為資本主義的批判者）。

然而，儘管是用筆打動了全世界的人，狄更斯的「最愛」卻不是寫作而是演戲！

英國是一個戲劇的國度，這跟英國歷史上戲劇人才輩出當然有關。但即使是最偉大的劇作家莎士比亞，他的演戲熱忱恐怕還遠遠趕不上小說家狄更斯。

狄更斯有一個雖不富裕，但還稱溫暖的童年，喜歡看戲讀書，立志要成為上流紳士。但九歲那年，在海軍當出納的父親欠了債，兩年多後全家關進了債務人牢房。英國這個欠人錢要抓起來關，而且可以全家一起關，只留能掙錢還債的人在外面工作的陋法，一直到一八六九年才廢止。這時幼小的狄更斯成為那個要「掙錢還債」的家庭成員，被舅舅送到一個鞋油工場做童工，每星期掙六個先令。才約十二歲的小狄更斯每天要工作十個鐘頭，面對老鼠橫行的髒亂工作環境和屈辱的對待，還得努力攢下錢來，星期天走一段長路，帶給關在牢裡的父親，兩人見面對泣。兩年後狄家的老奶奶過世，留下一筆遺產，父親總算出了獄，狄更斯得以換了工作，在律師事務所當抄寫員，但仍沒機會回學校念書。

狄更斯的插畫家Robert W. Buss於1875年所繪〈狄更斯的夢〉(Dickens' Dream)，周圍是他筆下的眾多角色。

終其一生，狄更斯對這段幼年的創傷，除了對他的好友，也是作家John Forster 有所透露之外，幾乎隻字不提。然而在Forster於狄更斯死後為他所寫的傳記的引述，卻實在使人唏噓感傷。狄更斯說他全不能明白，他的父母怎麼能把他撂在一旁，他還那麼小，他們怎麼沒想到他是需要受教育的！狄更斯的怨忿，不止因為他本來就是個喜歡讀書的孩子，也因為在當時，失學等於阻斷了他躋身上流社會的途徑，人生因而無望。

但所有這些經歷、創傷、不平，都成為狄更斯接下來的創作動力，為他日後作品中對窮人、童工、司法黑暗、資本家壓榨等題材的描繪和控訴，提供了第一手觀察的來源。

雖然沒機會回學校念書，在律師樓當抄寫員卻使狄更斯學會了速寫，開始給報社投稿報導法庭訊息。也在這時，他重燃起看戲的熱情。狄更斯研究者Simon Callow考據他這段期間幾乎每晚都在看戲，特別喜歡當時一個一人飾多角的喜劇演員Charles Mathews。這種演出，我們可以想像像我們的布袋戲，高手如黃海岱父子（現在孫子也加入了）那樣，一個人聲情並茂，替故事裡的男女老少代言發聲。這段時期他也常去一種可以叫作「演戲卡拉ＯＫ」（Simon Callow用的形容：theatrical karaoke）的地方，那是隨時讓人走進去，就可以點個戲碼，比如《哈姆雷特》，或《凱撒大帝》，現場的人就像牌搭子似的湊起來客串個角色過戲癮。日後我們會發現，對於自己的筆下人物，狄更斯扮演的正是一個隱身的多聲道演員。從戲劇中得到的體會，使無緣好好受教育的狄更斯，得到描繪他日後筆下層出不窮的各色人等的個性聲情的另一種關鍵能力。

終於，一八三二年，二十歲的狄更斯跑去堪稱倫敦戲劇核心的柯芬園（Coven Garden）劇院應徵演員，倘若不是甄試日忽然病倒沒能參加，而緊接著他的第一本小說*Pickwick Papers*問世且大賣，使他欲罷不能，這個愛戲的孩子很可能走了不一樣的路。接著的十年，他的小說，*The Adventures of Oliver Twist*、*The Life and Adventures of Nicholas Nickleby*、*The Old Curiosity Shop*等日後公認的文學經典源源而出，年未滿三十的狄更斯，已成為不但在英國，也在全世界，尤其是大西洋對岸同為英語國度的美國、加拿大，都盛名遠播的人物。

接下來的十年，創作的名利雙收使狄更斯全力投入小說寫作，只在*Nicholas Nickleby*裡，藉由主角在輾轉顛沛的生涯中加入過劇團，而「置入行銷」了一點自己的戲癮。

但終於，一八四二年，狄更斯在三十歲那年正式演起戲來了。狄更斯一生中訪問過兩次美國，這年是第一次，順道也去了加拿大，在那兒和朋友一起組織了一場慈善義演，自己下海演了三場。戲癮大發的狄更斯回到倫敦，立刻組團排演Ben Johnson 的*Every Man in his Humour*，狄更斯自己從導演、主角一直兼到舞台設計和打雜，明顯是個玩票之作，但大獲成功。當時也有不少狄更斯的作家朋友參與演出，接下來數年中，狄更斯樂此不疲，家裡的大廳可隨時轉換成小劇場，還曾經為當時的維多利亞女王與夫婿亞伯特親王御前獻演。

歷史沒有機會證明如果狄更斯是個純演者而非作者，他的成就會有多大。但碰觸到這個問題時我們也就不能不承認，文字藉由印刷成書而無遠弗屆、而無人不可接觸的本質，是其他任何傳播意念的工具所無法企及的。狄更斯從二十歲出版第一本書到五十八歲去世，作品源源不斷，盛名帶來龐大收入，盛名也帶來不斷的演講聚會的邀約。逐漸地狄更斯在應邀談自己的小說時運用了他的演戲天賦，他開始持續作朗讀演講，以自己的小說情節作朗讀素材。一八五三年到一八五八年間，狄更斯的朗讀會基本上是為慈善機構募款，但他這時也開始雇用專業演員演出自己的作品，甚至因為愛上了一個女演員而和妻子分手。一八五八年以後，狄更斯的朗讀轉為以營利為主。這時狄更斯已經是全英國有數的高所得者，但他生了十個子女，又不擅理財，加上童年的貧困經歷使他永遠有要努力賺錢的動機，當然更重要的是，他確實把朗讀會變成一種獨腳戲劇表演，而演戲是他的最愛！但無止休的勞頓終於剝奪了他的健康。幾乎所有為狄氏作傳的人都同意，死於僅僅五十八歲的狄更斯，生命中最大的殺手是晚期大量朗讀活動對身心的巨大消耗。

一八五八年是狄更斯朗讀事業的一個分界點。他從自己的小說裡挑選了十幾個適合朗讀演出的情節，用我們現在的話，「有梗」的橋段，開始了為自己賺取收入的朗讀活動。這樣的事，大作家裡前此幾乎沒人做過(如果古希臘的荷馬不算的話)，也不太得到認同，前面提到的他的好友Forster便曾勸阻他，認為這樣的事「不符仕紳身分」。但是狄更斯不為所動，越「演」越烈。

狄更斯的小說本來就人物鮮活、情節曲折、語言生動，狄更斯選出作朗讀段落的，還會再加以濃縮或改寫，成為朗讀腳本。寫《英雄與英雄崇拜》(*On Heroes and Hero Worship*)的卡萊爾

(Thomas Carlyle)曾去聽過他朗讀，說狄更斯簡直就是「一頂帽子下面的整個戲班子」(Like an entire theater company under one hat.)。幾年下來，狄更斯的朗讀會成了英國的一個「現象」，到處人潮蜂擁座無虛席。如果我們想到當時英國國民的識字率還不到百分之五十，則狄更斯的朗讀會的意義更是巨大，他使無法閱讀他的書的人可用聆聽的方式參與，在他是擴大了讀者群，對當時社會，則是大大彌補了教育的不足。

狄更斯首度訪問美國是一八四二年。到了一八六七年，隔了二十五年的美國，對當年已高度仰慕的這位英國作家，更加想盡辦法要請他去朗讀作品給他們聽。這時狄更斯健康狀況已經很差，家人朋友都勸阻，但熱情讀(聽)者和可觀的酬勞都是誘因，狄更斯終於在一八六七年底抵達了波士頓。在美國五個月朗讀之旅，總共作了七十六場朗讀，一路掀起熱潮，當時的強森總統(Andrew Johnson)也曾去聆聽他的一場朗讀，過後並請狄更斯到白宮作客。這五個月美國人到處都以能一見狄更斯為榮，也留下不少名人的讚嘆。例外的是有個年輕記者為他工作的舊金山報社發了一篇在紐約聽狄更斯朗讀的通訊，對狄更斯的朗讀不怎麼恭維。這個記者，就是後來也成為小說和演講名家的馬克・吐溫。

馬克・吐溫先說了狄更斯形貌滑稽、咬字不清……但接下來卻很動人地寫到自己內心漸漸浮起的感覺：「當我想到那古怪的老頭顱裡了不起的機關運作，逐漸地，它出現一種美麗迷人的趣味來。」那個腦袋，馬克．吐溫說，創造出眾多男女眾生，給他們生命，左右他們的行為舉止，使他們昇華、淪落、生死婚嫁，主宰了他們所有的悲喜善惡；

在這些人物呱呱墜地以迄死亡的過程中，狄更斯從沒錯失半點他作為造物主宰的準頭，我感覺自己幾乎可以看見他頭顱裡轉動的齒輪和轂轆，這就是狄更斯，狄更斯！

馬克吐溫形容他這時的感覺是（彷彿又當然又不可思議），

這個全能的神終究只是個常人。當一個偉人從他的高台上滾落，讓我們看見他的血肉凡身，知道他跟旁人一樣也吃豬肉跟高麗菜，和一般人行止無異……

畢竟是血肉凡身，狄更斯這時已自知餘日無多，回到英國不久便開始了他的朗讀告別之旅。一八七〇年三月，他作了一生的最後一場朗讀，讀的是他廣受歡迎的《聖誕頌歌》（*A Christmas Carol*）裡的段落，結尾對觀眾說：「此時燈光明燦，然而，懷著滿心感謝和溫馨的記憶，我從此要跟大家告別了……」兩個多月後，六月九日，狄更斯溘然長逝。

中文讀者對《聖誕頌歌》熟悉的程度可能遠不及狄更斯其他諸如《雙城記》、《孤雛淚》(*Oliver Twist*)、《塊肉餘生錄》等作品。但《聖誕頌歌》這本狄更斯三十一歲時只用一個多月就寫成，問世後立刻大賣，百餘年來不斷改編成各類演出的作品，也是狄更斯自己最愛「表演」的。十九世紀中葉，原已式微的聖誕習俗因這本小說而快速復興，連互道"Merry Christmas!"的習慣都啟始於此。書中描寫的那個苛刻吝嗇的老店主在這晚幡然改悟、為周遭帶來溫暖的故事，使聖誕從此成為散播溫情關愛的節日，而由於它廣大的讀眾，也間接影響了當時正萌芽的英國社會福利立法。如今全世界到了這時節處處揚起聖誕歌聲，溫馨愉悅，恐怕是狄更斯當年寫作時始料所未及的。

（二〇一二年十二月二十五日　聯合副刊）

輯五

筆的餘音

困頓與超越
——《湖濱散記》導讀

湖畔的梭羅，就這樣，把文明的繁瑣盡數剝去，獨自面對生命的真相，孤獨、貧困、柔弱對他便都失去了威脅……

十九世紀中葉的美國，工商社會的價值標準才正開始入侵人們的生活，梭羅（Henry D. Thoreau, 1817-1862）對物質文明的批判和回歸自然的呼聲不為他的時代所接受，卻在他所批判的物質主義遠為嚴重的一個多世紀後得到熱烈的回響，困頓以終的梭羅，地下有知，也許要覺得造化弄人吧。

說梭羅「困頓以終」，首先梭羅就不會同意。並不是梭羅不「困頓」或他視富貴如浮雲，而是梭羅根本不承認物質享用是一種「富有」。大部分的奢華舒適，對他來說只是生活中的障礙，「阻礙了人的提升」。當歐洲人裹著厚衣服還發抖的時候，旁邊的澳洲土人卻光著身子走來走去，舒適泰然——一個人能一一捨棄了外加的東西而不覺匱乏，這才是真正的富有。《湖濱散記》(*Walden, or Life in the Woods*)便是梭羅力行這個信念所留給世人的一個紀錄。

一八三七年，二十歲的梭羅自哈佛大學畢業，回到他所生長的康珂(Concord)鎮一個小學教書，但只教了幾天就因為被迫體罰學生而在當晚辭職。此後他做過木匠、石匠、土地測量員，在他父親的鉛筆廠幫過忙、和他哥哥在家裡收過學生教書，但是，一直到他四十五歲過世，梭羅再沒有過一個正式職業。他生前總共出過兩本書，第一本《康河和梅河上的一週》(*A Week on the Concord and Merrimack Rivers*)在出版後的五年裡只賣掉了兩百多冊。《湖濱散記》是他的第二本書，也一樣滯銷。這樣一個人，這樣的一生，我們看如何不是困頓！然而對於梭羅，生命別有真義，不能用俗常的標準來衡量。

我到林中去，因為我要認真地生活，要面對生命的真相，看看我能不能學到它所要教給我的，以免到死時才發覺自己從沒有活過……

一八四五年的三月，梭羅借了一把斧頭，在康珂鎮一里半外華爾騰（Walden）湖邊的樹林中，砍下幾棵松樹，又跟人買了一個舊屋，拆下木材，便搭起了他的兩個房間的小木屋，並在屋外開闢了兩畝半的菜園，大部分種了豆子。到了七月初，房子的板壁屋頂都大致完成，他便帶了一些簡單的家具搬進去住，同時也開始了他的《康河和梅河上的一週》和《湖濱散記》的初稿的寫作。隨著天氣轉冷，他又陸續在屋裡砌了壁爐、內牆敷上灰泥。十二月間，築室的工作才算完成。梭羅在小屋裡一共住了兩年兩個月又兩天，在《湖濱散記》中他詳細地記下了這期間自己日常的工作、觀察、思想，以及非常實際的收支帳目。

從築屋到第一年結束，梭羅在建材、食物、衣服上的花費總共是六十一點九九元，而出售菜園收成和做零工的收入加起來總共是三十六點七八元。兩兩相抵，用掉了二十五塊多錢——正好和他蓋房子的花費差不多。也就是說，如果他繼續在湖邊住下去，以後他應該可以收支相抵，至於全年他用在工作上的時間，加起來約是六週。以他的標準，六週的工作已經換得了一年的全部生活所需，這之外他得到了閒暇、獨立和健康，可以自由地閱讀、思考、寫作：

我的實驗顯示：如果一個人信心充分地朝他的夢想走去，並且努力地照他想像中的方式過活，便能達成他的目標，除此再無他途。……（這時）他的內心和周圍會建立起新的、更有普遍性、更不局限的法則；或者舊的法則會增益開廣，使他臻於生命的更高的秩序裡。他的生活愈簡化，宇宙的定律就愈變得單純，於是孤獨不復是孤獨、貧困不復是貧困、柔弱也不復是柔弱。

湖畔的梭羅，就這樣，把文明的繁瑣盡數剝去，獨自面對生命的真相，孤獨、貧困、柔弱對他便都失去了威脅。

我從不曾見過比孤獨更好的伴侶。我們所以寂寞，常是因為我們走出了屋子，跑到人堆裡去了。

梭羅說他有時整日只和自然相處，捨不得把時間花在任何勞心或勞力的工作上，因為即使閱讀也得通過語言的符號，靜觀和沉思卻是直接地與萬物交通，參與了自然的運行。「我確實沒有動手幫忙太陽升起，但是當它升起時在場觀禮也不是頂不重要的事。」雖然獨居林中，所有大自然的盛典梭羅都在仔細觀禮：

有許多年，我任命自己為風雪觀察員，而且盡忠職守；我也是自封的測量師，負責在四季裡維持道路通暢、丘壑無阻。眾人的腳踵證明了我的工作效用。

使得梭羅的文體在美國文學中贏得盛譽的，一部分原因便在於他是個盡責的自然觀察員，而且對季節和自然留下細膩的描寫。他寫春天裡的草地乍然轉成了「牛羊汲飲的綠河」，寫湖面的波紋像生命溫柔的脈搏，「一一報告蟲魚躍動的消息」，他運用了幾乎是文字的交響奏鳴，描繪各種鳥類的叫聲，春來湖面破冰的響聲，林中生物的此呼彼應……「有了四季的友情，再沒有什麼會使生命變成負擔了。」

梭羅對自然的熱情顯然遠遠超過對人的。但他並不是隱士，他的小屋裡也經常有訪客，有一次甚至擠進了二、三十個人，連他自己都對小屋的容量感到驚奇。《散記》裡也寫到他的各種訪客，包括過路的人、附近的農夫工人等等，詩人謙寧(William E. Channing)、被梭羅稱為「最後的哲學家之一」的艾考特(Amos Bronson Alcott)和揭櫫「超越主義」(transcendentalism)的愛默森也都曾造訪。

但是，跟人相處似乎使梭羅失望的居多，以至於他說：「朋友，即使是最好的，也總是很快就使人疲倦。」終至他寧以孤獨為侶，孤獨中把自己的省思觀察摩挲得精瑩剔透，發出與眾不同的光芒。

如果一個人的步調和他的同伴不一樣，那大概是因為他聽到的進行的鼓聲不同。且讓他按他所聽到的音樂節奏前進吧。

中國的隱士往往把退居林泉當作任情適性的手段，退隱林泉後便和社會「兩不相涉」，並且似乎越是不問世事越能證明他們對山水的鍾情和離群的堅決。梭羅在西方世界裡常被比為東方式的隱士。一方面因為他在文字間時時流露出對東方哲人的嚮往，另一方面也因為像他這樣的回歸自然的方式在西方世界裡並不多見，評者倘若不以之為異端便要忖度他必是得了外來的影響。事實上梭羅在精神上全然不是一個東方式的隱者，最大的不同在於他固然能夠全心投入自然，卻同時是一個激烈的社會批判者。他援引東方哲人的嘉言睿語以印證自己的信念，但他在華爾騰湖畔的事業真正繼承的，還是西方的烏托邦傳統——想在現世之外設計或創造出一個理想世界，用以證明現實社會的不足或價值標準的偏頗。在這樣做的時候，梭羅並沒有和他的社會決裂，因為他隨時都在觀察他的社會的欠缺，提出糾舉。他毋寧更是那個聽到不同鼓聲的人，並且堅持按照他聽到的節奏前進，不巧的是他的節奏比他的同伴要快一些，因此領先了他的時代，得等時間來證明他的正確。

梭羅的隱士形象不僅因為他在湖畔築廬，也因為他的生活範圍相當的小。他極少出門旅行；即使出門，距離也不過數州之遠。但照梭羅的說法，一個人的邊界，不在東南西北的方位，「而在當你與事實面對面的時候」。在面對事實的時候，梭羅的「邊界」寬廣且防禦森嚴。一八四六年的五月，美國發動了對墨西哥戰爭，在湖邊耕種的梭羅認為這個戰爭意在吞併美墨邊境上的德克薩斯，人民無義務繳稅來支持政府進行這樣不義的戰爭。更重要的是，當時蓄奴在美國依然合法，使梭羅痛心疾首，「我一刻都不願承認這個奴隸的政府也是我的政府」，當然更不要期望他繳稅來支持這樣的政府了。

不繳稅的結果是有一天梭羅被稅官遇上，捉進牢裡，雖然有朋友在第二天就代繳了錢保他出來，但是他抗議的理由並沒有消失，為此他寫了他最出名的論文〈不服惡法論〉（“Civil Disobedience”），主張人對政府不公正的措施應該以撤銷支持來迫使它改善。這篇文章措詞的銳利和邏輯的嚴謹，以及——更重要的，它的命題的具有普遍性，使它日後在歷史上一再產生巨大的影響，絕非梭羅或他同時代的人所能想像。

好書作者在每個社會中都是最自然而不可抗拒的貴族，能對人類產生比帝王更大的影響。

梭羅對古代經典的這番評語用在他自己身上也正適合。〈不服惡法論〉長不過萬言，日後卻一再在人類爭取公理的奮鬥中成為他們的啟示，且得到最後的勝利。聖哲甘地的印度獨立運動、丹麥在二次大戰中的反納粹入侵、馬丁・路德・金恩博士的黑人人權運動都是著例。這篇文章近九十年來在各種《湖濱散記》的版本中都以附錄的方式出現，幾乎已經變成了《散記》的一部分。兩個作品的筆觸和發言對象雖然不同，其中貫串的卻是相同的精神，是梭羅勇於探索生命的真義，只問公理不問成規的精神。

通過了百年的考驗，《湖濱散記》證明了它在一個汲汲為利的時代會變成有力的召喚，提醒人保持清醒和真誠，提醒人不要被器用的繁瑣湮失了本性。散文大家E・B・懷特(E.B. White)便曾預言《湖濱散記》的重要性會日日增加，「當世界的疆土日減，也便是這本書領域日增的時候。」他說，「每個人一生中會有一本書是真讀了的，我的這本書就是《湖濱散記》……我總把它放在唾手可得之處，作為我消沉沮喪時刻的紓解。」

當人事日益繁複，紓解的渴望成為多數人共同的需要，《湖濱散記》自然會超越了時空，成為永恆的聲音。

（一九八七年二月十二日／聯合副刊，聯副「文學午餐會」講稿）

失落的盛筵

人生的幸或不幸也許會有世俗共認的標準，對文學家藝術家而言，失落了人生的盛筵，卻可能端出心靈的佳餚。有時候，整個時代以它的「失落」來交換創作的豐收……

有一本書，海明威過世前幾年一路帶著寫：從一九五七年在古巴開始，又帶回美國，然後是西班牙，之後又去了古巴，再回美國。最後還是在古巴的聖保羅寫完。——也不算寫完，他自己還遺憾，有太多事沒寫，以及太多不能寫。——有些是秘密，有些是別人寫過了，不必再寫。

書在一九六〇年完成，四年後才出版。海明威自己卻已經在一九六一年飲彈自盡。書名就叫

《一場帶著走的盛筵》(*A Moveable Feast*),頗能對照他「記盛」時自己的萍蹤飄忽。這書寫的是一九二一年到一九二六年間巴黎的文藝圈——尤其是當時在巴黎流浪的英美作家——的人和事。他在一封一九五〇年給朋友的信中曾說:「如果你有幸年輕時在巴黎待過,那麼,不論今生去了哪裡,它都會和你同在,因為,巴黎是一場可以帶著走的盛筵。」——很有一點「遊人只合江南老」的意味。不過,遊人離開了江南便要斷腸,巴黎的好,卻終此生與君同在。海明威所以最後要寫它,大約也在了卻一樁心事。在他著手寫這書的時候,參與一九二〇年代盛事的故人已經零落殆盡,海明威曾是個記者,理該由他來留下紀錄。

他寫史坦茵(Gertrude Stein)——她差不多是那時巴黎藝文圈的靈魂——老老實實記下初見時她給他的忠告。忠告之一是不要寫難以成就個人風格(inaccrochable)的東西;之二是,他不是個好到能在《大西洋月刊》或《星期六晚郵》上登文章的作者。「不過,你也許有你的特色,最要緊的還是不要寫inaccrochable的東西。」才二十出頭的海明威一時倒似乎也不以為忤。

史坦茵是個具有巨大親和力的大女人——肥大的大——,下午時間到她畫室看畫聽她談話,有一段時期成了海明威的一個習慣。她恣意月旦,稱赫胥黎為「死人」,勞倫斯是「病人」,喬埃斯是提都不能提的名字,詩人龐德坐壞過她的椅子,十分可惱……海明威則從她那裡得到「失落的一代」的封號,日後傳誦久久。

海明威記載，某日史坦茵的老爺福特車出了毛病，修車廠的工人怠慢了她，抗議之後車店老闆便罵那工人，你們都是Une Génération perdue（失落的一代）！這話給了史坦茵靈感，她回頭指著海明威一班人說：「就是你們，你們這些參戰回來的年輕人，全是失落的一代！」

海明威對這惡謚並不中意，一路想著回家，跟太太說：「不管怎樣，史坦茵總還是個不錯的人。」「那自然囉！」太太回應。「可是她說些混帳話。」海明威終於說。

然而海明威日後倒真被視為「失落的一代」的代言人。主要因為經過第一次大戰洗禮的失根流離和虛無厭戰，確實是他早期的小說，像《太陽依舊東昇》（*The Sun Also Rises*）、《戰地春夢》（*A Farewell to Arms*）等作品的主題：參戰受傷而致性無能的男主角、離亂中的戀情、死亡的結局……。史坦茵脫口而出的perdue無非是倚老賣老一時興會，海明威的「失落」特質卻成了評論家爭執不休的話題。四、五〇年代的媒體喜歡渲染他的英雄事蹟：戰爭、狩獵、拳擊、鬥牛……；小說角色的陽剛造型和真實生活中的海明威寖寖然成為一體。但是，刻薄他的人，如Dwight McDonald，便認為他無非是自我膨脹，甚至把他最後的自殺解釋為血流滿面的拳王為保全令名而採取的「離場」伎倆。

許多年來，海氏的評論和傳記大多在想解一個難題——在嗜血和反戰之間，在真正的陽剛和自矜的懦夫之間，海明威的真實角色是什麼？文評家如考萊（Malcolm Cowley）和威爾森（Edmond Wilson）都強調大戰的創傷對他心理的影響，使他掙脫不了死亡和失落的陰影；傳記家麥爾斯（Jeffrey Meyers）則把他寫成吹牛無情的偽君子。

最近的一本海明威傳記是林恩（Kenneth S. Lynn）所寫的*Hemmingway*（Simon & Schuster 出版）。林氏對海明威的人格形成有一個別闢蹊徑的解剖。林恩把影響海明威的因素一直推到他生命的初始：他的母親給他的影響。對海明威，他的母親Grace是他的內心世界陰暗的女性力量，日後海明威面對男女關係時的極度排斥和極度依賴都肇因於他的母親。林恩舉證鑿鑿，說明他母親的怪異行止。其中最古怪的是，海明威幼時一直被他母親拿來和他姊姊當作雙胞胎撫養，有時把兩人都扮成女孩，隔一陣子又一起作男孩裝束。海明威有一張兩歲時作女孩打扮的照片，旁註便是「夏天的女娃」（summer girl）。

果如林恩的說法，海明威的「失落」竟可以解釋為性別的失落了。他因而作品中時有雙生意象（imagery of twinhood），因而善於走進女性角色的內心，因而對有男子氣或有同性戀傾向的女子情有獨鍾，因而看男女關係時若同性情誼，因而處理懷孕生產往往以慘酷的死亡終結，因而努力在現實中要證明自己是十足的男子氣……

性別角色的混淆出現在海明威的許多故事中。從一九二九年《戰地春夢》裡的女主角凱瑟琳一再想和男主角「爾我不分」，想要「變成你」，到一九八六年出土問世的海氏遺作《伊甸園》(*The Garden of Eden*)中的同性異性戀糾結有如夢魘。

也許，海明威的「失落」確實不始於青年期的參戰和巴黎見聞，而始於兩歲三歲時伊利諾鄉間的童年夢魘。然而，人生的幸或不幸也許會有世俗共認的標準，對文學家藝術家而言，失落了人生的盛筵，卻可能端出心靈的佳餚。有時候，整個時代以它的「失落」來交換創作的豐收。史坦茵並不知道，她要海明威成就的「個人風格」，可能早在他幼年的創傷殘缺中已埋好了種子。

至於我們，只是坐享其成的人；我們遍嘗佳餚美味，代領了生命的盛筵。

（一九八九年五月　《聯合文學》五十五期）

「危險的邊緣」

——記格瑞安・葛林

葛林不承認自己是天主教作家，他的野心顯然是超越宗教的更廣闊的人性……

近二十年來，英國小說家格瑞安・葛林（Graham Greene）大概每年都出現在諾貝爾文學獎的人選名單上，但每年的得獎人都意外地不是他。本月三日，葛林以八十七高齡病逝瑞士，對許多人來說，不是他從此失去了得獎的機會，而是諾貝爾獎從此失去了頒獎給他的機會。事實上，不少諾貝爾的得獎人，身後沒幾個人記得，葛林的名聲和影響，顯然會遠遠超過他們。

使葛林建立起名聲的，固然是他驚人的創作力——在嚴肅和非嚴肅的作品上都同樣著作等身；但也更因為他題材的廣闊和關懷面的深入。英國小說評論家華特・艾倫（Walter Allen）嘗說，在十九世紀，讀小說的人口不多(當時識字且有閒的人本來就有限)，但知名的小說家，比如狄更斯，差不多能全面掌握他讀者的品味和價值觀。二十世紀的讀者群(reading public)不再是「一群」而是許多的「群」(publics)，不同的讀者群之間，閱讀範圍可能了不相涉，因此，不可能有一個作者能夠全然掌握他的小說讀者了。不過，在這不可能之中，艾倫說，仍有少數作者是能同時掌握「好幾個」讀者群的，其中葛林便是這樣一位作家。

泰德的論點觸及了一個教育普及後的文學困境——品味殊異、觀點參差的「眾」讀者群使文學的好和不好再難建立起標準，而沒有標準的結果，不是市場決定了文學的走向，便是認定好壞的專業努力變成了象牙塔中的徒勞。

在這樣的情勢下，葛林「同時掌握好幾個讀者群」的特質，便特別值得一探究竟了。葛林既嚴肅又娛樂，在探索宗教救贖、人性善惡的長篇小說之外，他也寫遊記、報導，也寫劇本、評論。他的小說背景幾乎是世界性的；英國、墨西哥、海地、非洲、越南、古巴……都曾成為作品的舞台，在這些舞台上，他縱橫自如，演出信仰的試煉、善惡的掙扎、政治變局中人性的墮落……也從中展示了一個偉大小說家的條件：廣闊的視野，豐富的閱歷，探索人性的興趣，還有，設計背景、懸疑、層層剝示的能力。

也許是他的「娛樂能力」使得諾貝爾獎評審們總在緊要關頭放棄他，把獎頒給比較「小眾」的作者。然而，問題是，把雜著剔除，葛林的嚴肅創作的分量仍舊「等身」而有餘；把布局的技巧拿掉，單是主題的磅礡也足使葛林躋身偉大之林。葛林對宗教的救贖意義和從宗教觀點體察的善惡分際，使他成為公認本世紀最有代表性的宗教作家。《權力與榮耀》（*The Power and the Glory*）中有著種種肉身的弱點，卻完成了自我救贖的神父；《事情的本然》（*The Heart of the Matter*）中的殖民地警官，在命運的捉弄下成為宗教上不可赦免的罪人，卻留給我們對「實質的善惡」是什麼的深切思索……葛林不承認自己是天主教作家，他的野心顯然是超越宗教的更廣闊的人性。

葛林在一九七一年出版了回憶錄，當中已經為自己的作品寫下了墓誌銘，用的是詩人勃朗寧（Robert Browning, 1812-1889）的字句：

我愛看的，是事物危險的邊緣。
誠實的小偷，軟心腸的刺客。
疑懼天道的無神論者……

交點；在這臨界上的探究，現在成了葛林留給這個世界的珍貴遺產。事物的「危險的邊緣」，是人性豐富奇詭的所在，是是非模糊了界線而善惡展示各自力量的

（一九九一年四月七日　聯合副刊）

從「厭人類者」綏夫特說起

綏夫特藉了他筆下主角格列佛一程程的海外怪異國度的經歷，大展其諷刺才華，對人類極盡挖苦之能事。不過，砲火對著的，主要自是他最切身也最觀察入微的英國政界……

寫《格列佛遊記》的綏夫特(Jonathan Swift, 1667-1745)大概是文學家當中最有名的「厭人類者」(misanthrope)。

一七二五年，綏氏完成了《格列佛遊記》的定稿，正在找看有哪個「不怕倒楣」(brave enough to venture his ears)的出版商肯替他印行。這年的九月二十九日，他寫了一封信給詩人頗普

（Alexander Pope, 1688-1744），信裡提到這書的完成，還留下一段後世常見引用的名言：

> 根本上，我厭惡那種叫做人的動物，雖然個別的約翰、彼得、湯瑪斯等等，我倒是真心愛著的。……我寫的遊記，便是建構在這厭惡人類的大基礎上——雖然不是泰蒙(Timon)的那種厭恨法。——而除非有日所有誠實的人都跟我抱著同樣的意念，我的心是得不到平靜的。

綏夫特在St. Patrick宅邸，1905年，圖像來源Temple Scoft edition of Works. (Project Gutenberg eText 18250)。

當然我們記得，綏夫特藉了他筆下主角格列佛一程程的海外怪異國度的經歷，大展其諷刺才華，對人類極盡挖苦之能事。不過，砲火對著的，主要自是他最切身也最觀察入微的英國政界。有一程格列佛到了大人國，成了國王掌上玩偶般的迷你小人。好奇的大人國國王殷殷問起英國的國會選舉、司法、財政種種制度運作，再問起百年來的歷史事件，格列佛一一據實道來。國王驚異不置，發現格列佛來自的國度竟是爭鬥殺伐爾虞我詐的總和。聽到最後，國王又鄙夷又憐憫地說：「在這世界上的所有生物中，我不能不說，你的同類真是那猥瑣可憎的蟲豸之極致了。」

在一處接一處的遊歷中，格列佛終於到了一個由理性的馬所統治的國度。這個國度示範了綏夫特的理想──因為依憑理性行事，馬國的國民不犯過，免於卑下，因而有著本質上的健康和自由。綏夫特並且沒放棄在最後給人類致命的一擊：在馬國，服賤役拖車載重的是一種人形的叫魘虎(Yahoo)的動物，他們剛好具備了綏氏憎恨的所有人類的貪饞可鄙。

等格列佛終於結束遊歷回到英國，他發現自己已經無法與周圍的「魘虎」同群。而寧願和廄中的馬匹為伍。

我們若以為綏夫特既然憎惡人類至此，必是冷漠厭世之徒，這樣想卻又錯了。綏氏終其生都是熱腸子的人，為他的故土愛爾蘭奔走，在當時英國的「兩黨」起落中扮演舉足輕重的角色，在宗教和政治兩方面都是改革者而不只是憤世的旁觀指摘者。

這樣的「厭憎人類」法似乎在我們的文化中難找到足堪比擬的類型。便在西方，這「厭人」族原來

綏夫特，Charles Jervas繪(繪者年代1675-1739)。

也是有許多種的。跟前面提到的綏氏給頗普的信相關的，湊巧得很，除了綏氏之外，就另外有兩「型」——頗普本人也多少是個恨人類者，至於信中特別聲明的「不是泰蒙的那種恨法」的「泰蒙」又是一類。頗普是早慧且才情縱橫的詩人，但卻做過不少欺世背友的事，受過害的也包括了綏夫特。頗普自幼身體殘疾，史家一般認為他的背德是因自己的不幸，心理不能平衡之故。在這封信中，綏氏頗引頗普為憎人類的同道，顯然並沒有料到頗普填恨之法不同，自己日後也要吃他的虧。

泰蒙則是古希臘雅典城裡最樂善好施的鉅富，不料千金散去，舊日受惠的人一夜之間盡成陌路。泰蒙於是一變而為恨世者，玩世不恭，詛咒蒼生。泰蒙是文學中恨人類者的「原型」，從他的故事衍繹出來的文學作品最有名的該是莎士比亞的悲劇《雅典的泰蒙》(*Timon of Athens*)。在莎氏的版本中，絕望憤世的泰蒙最後離群索居，孤獨而死。

離群索居的厭人者也有未必是親歷炎涼冷暖而變成的。法國劇作家莫里哀在他的名劇《厭人類者》(*Le Misanthrope*, 1666)當中就創造了一個本性高貴，因而見不得人間的虛偽奉承伎倆的人物。莫里哀寫的是一個喜劇，卻留下一個悲哀而引人低迴的結局：恨人類的男主角偏偏愛上了一個聰敏然而世俗的女子，因而掙扎於理性的不應愛和感情的不能自拔之間。女主角最後雖識得這厭恨人類者的真誠，接受他的愛情，卻並無法放棄虛偽庸俗的世界。癡心的恨世者只能獨自隱遁。

莫里哀寫成了一個悲哀的喜劇，彷彿暗示了厭人者沒有真正的喜劇。綏夫特則曾在給他相戀了一輩子的女友Stella信中坦承，「我們因為毛病相同，因此相悅。」綏夫特的故事，看來倒不是恨世者愛上了不相同的人，然而，他們兩人的故事也不是喜劇——綏夫特終身未婚。

當然厭人類者本來就不期望喜劇。當綏夫特說他真心愛著芸芸眾生裡的約翰、彼得、湯瑪斯時，他期望的，不是喜劇。

（一九七二年一月二十六日《中國時報》人間副刊）

《雷雨》的笑聲

他對語言在情節進行中的效果掌控，近代劇作家少有人能企及，演出現場眾多會心的、莞爾的、失笑的觀眾，正是曹禺這一面成就上的知音……

三〇年代的劇作家曹禺的舞台劇《雷雨》剛在台北演完下檔，不過，卻留著一個沒解決的疑問：明明是一齣悲劇，為什麼演出時滿場笑聲？

彩排過後，記者就在報上問這個問題，也問了導演，導演說是「因為許多觀眾並不適應劇場，對劇場的禮節還有待教育。」另有一位戲劇學者則坦白表示迷惑不解。戲連演了八天，場場爆滿，而滿場的觀眾都照笑不誤，顯示都沒學到「劇場禮節」。記者們不安之餘一再在他們的報導裡提這個問題，評論者則有謂是時空的差距讓情節變得不近情理而荒謬可笑了。

是這樣麼？我有點覺得我們的觀眾水平開始在趕過劇場工作者了。《雷雨》演出中所有賺到笑聲的地方都是該笑的，而且幾乎可以認定是原作者曹禺所預期的效果。

希臘悲劇《伊底帕斯王》裡，伊底帕斯意氣風發地誓言要為提比斯國找出殺他們國王的凶手，他不知道早些時自己所殺的陌生人就是那國王，而且也正是他所不識的生父。然而觀眾是知道的，觀者的已知對照了劇中人因無知而發的姿態，產生了所謂的「戲劇性反諷」(dramatic irony)，其中自有可憫可笑者。《紅樓夢》也是悲劇，當中也充滿我們(讀者)的已知和劇中人的不知。當寶玉和黛玉談禪，信口而說「我雖丈二金身，卻借你一莖所化」，字面上以精巧的比喻視之也可以，然而因為我們知道寶玉的前身是神瑛使者(丈二金身)，而黛玉是仙界一株柔弱的絳珠草(一莖)，我們對這出於蒙昧卻觸及真相的對照不能不發出會心的微笑，這也是「戲劇性反諷」，觀者(讀者)的笑聲是作者精心布置的反諷所預期的效果。

青年時代的曹禺。

《雷雨》劇中充滿了我們的已知和劇中人的不知，我們知道那表面的繼母和兒子原來有著非母子的曖昧．我們知道那帶頭罷工，和工廠老闆抗爭的工人，原來是老闆的親生子，我們知道那相戀的主僕原來是不曾相認的親兄妹……然而劇中人紛紛蒙在鼓裡，其「無知」使得所發的語言行動成為我們這些已知者莞爾失笑的來源。

更不要說，曹禺在他的時代屬於道德觀上的先進者，他的劇本是寫來作道德批判的。而我們，隔了六十年，在道德觀點上理應是劇本意念的已知者，劇中人則是局限在他們的時代的道德無知者，這已知未知的觀點落差因此形成另一層「戲劇性反諷」，使得劇中人，尤其是兩個迂闊虛誇的父權人物，一言一行都構成觀點落差的範例，成為反諷的可笑的來源。

寫悲劇的人還有一項伎倆，就是製造「喜劇紓解」（Comic relief），在悲慘駭怖之際插進笑料，把觀眾緊繃的神經適時鬆弛一下，且藉這一笑更強化悲劇的力量。這伎倆，莎士比亞最優為之，曹禺顯然也得其三昧。

《雷雨》算不上一個好劇本，低說服力的巧合使得故事傾向濫情，勉強的結局則更削弱劇力。然而就個別人物的性格塑造而言，卻顯示了當年年僅二十三歲的曹禺早慧的刻畫能力和道德批判的視野；他對語言在情節進行中的效果掌控，近代劇作家少有人能企及，演出現場眾多會心的、莞爾的、失笑的觀眾，正是曹禺這一面成就上的知音。

（一九九三年四月二十五日　聯合副刊）

百老匯的艾略特

韋伯獨具隻眼，把艾氏世界裡童趣的一面搬上了世界上最具創意的舞台，冷僻的現代詩竟然載歌載舞起來，充滿爆發的活力……

當代重要詩人艾略特(T.S. Eliot)愛貓，曾給他兩個還在襁褓中的「教子」(認他做教父的小孩)寫過不少貓言貓語的信，不斷創造出一些稀奇古怪的貓名字，自己則號稱Old Possum，老負鼠，一種善於裝死的爬樹動物。他的教子之一小湯姆過四歲生日時，老負鼠又寫信，提議要大宴這些相識的貓狗之輩，並且要準備諸般樂器，管弦鑼鼓好好熱鬧一番。寫信之外，艾略特以貓為主題的詩寫得更多，這些貓詩在一九三九年出版，題為「老負鼠寫的真正貓書」(Old Possum's Book of

Practical Cats)。

這些貓詩貓信並沒有足夠的情節來串連成故事，但是，擅作音樂劇的安德魯・羅埃・韋伯(Andrew Lloyd Webber)將艾略特的貓詩編成了音樂劇《貓》(*Cats*)，一九八三年在紐約百老匯上演以來，連續十年盛況不衰，我前兩日去看時，雖非假日，仍接近滿座。

艾略特一向給人冷峻寡歡的印象，他的名詩《荒原》(*The Waste Land*)尤其苦澀。韋伯獨具隻眼，把艾氏世界裡童趣的一面搬上了世界上最具創意的舞台，冷僻的現代詩竟然載歌載舞起來，充滿爆發的活力。演出《貓》的Winter Garden把整個劇院都改裝成貓窟，破銅爛鐵和星光霓虹交輝之餘，戲演到中途，不防備間還有大「貓」縱身跳到你面前，對著你誦讀一段艾氏的詩行。

百老匯音樂劇的歌舞都非得是專業歌劇舞劇的水準，加上舞台聲光技巧和演出形式的創新，成功的百老匯劇，「好看好聽」差不多是先決條件。百老匯的戲往往在不景氣的年頭依然吸引大批觀眾，它的紓解社會情緒的功能似乎相當明顯。

以目前來說，《貓》固然已經連演了十年；其他如《悲慘世界》(*Les Miserable*)也已經演到第七年，看過的觀眾將近三千萬人，豎立在百老匯街角的計數看板，幾乎每秒鐘都在顯示新增數

艾略特，1934年，Lady Ottoline Morrell攝。

字；《西貢小姐》（*Miss Saigon*）從倫敦移師百老匯後也演了六年了。國人較熟知的《歌劇魅影》在不斷有影片拍出，也有不同的劇團在各地演出的情況下，也已經演到第六年，而且仍一票難求。一張票通常動不動五、六十塊美金的戲而這樣歷久不衰，除了顯示百老匯劇場的魅力，對我們國內一向難得能維持一星期以上票房的戲劇來說，其可羨自不待言。

不過，百老匯雖說是以娛樂效果取勝，它們的演出水準卻樣樣必須是專業。許多形象「嚴肅」的劇院也不能不向它取法。我和林肯中心的劇院人員相談，他們也說中心有許多仿效百老匯的做法。而《歌劇魅影》此時也正在華府的甘迺迪中心演出。

同樣不能忽視的是，在商業考慮之外，百老匯也勇於向文學作品尋找題材，艾略特的詩能編成歌舞劇，本身就是極大膽的嘗試，《悲慘世界》更是眾所周知的雨果名著的改編，今年剛推出的女演員Lynn Redgrave的一人獨白劇《為先父演的莎士比亞》（*Shakespeare for my Father*）全部以莎士比亞的劇中人物、場景和十四行詩為底本，串成女主角對她父親，也是名演員Michael Redgrave爵士的紀念。此劇雖才登場，已是好評連連。商業考慮的百老匯能汲取嚴肅文學的養分而同時也給了過往的文學經典新的生命，這恐怕才更是它最大的成功。

（一九九三年七月二十一日　聯合副刊）

《北京人》在臺北

曹禺是殘忍的，他雖然在感情上抓得住一點古老的溫情和感性，並沒忘了那感性屬於「舊社會的昏暗、腐惡」：即使溫潤忘我如愫方，終究要面對自己的愛情徒勞可笑的真相……

曹禺在《北京人》劇本裡寫愫方，那個三十未嫁的表妹，無可救藥地愛著她住在同一屋簷下、已有妻室的廢人表哥。她失婚，寄人籬下；他戒不掉鴉片，天天讓父親、妻子斥罵。表兄妹在無人的時分交換著寫的詩、畫的畫；輕聲低眉的互相叮嚀珍重便是全部的安慰。在破敗的大宅裡，艱澀的愛情發著霉，又同時發出流動的、微弱的光。

曹禺至少是能體貼這樣一種陳舊而細緻的情愫的，即使自承痛恨那「舊社會的昏暗、腐惡」，這表兄妹間無望而唯美的愛情，據說也曾是他自己在真實的婚姻圍城內一段感情煎熬的寫照。讀《北京人》的人很難忘記在表哥文清終於痛下決心離家重新開創人生後，愫方跟姪媳瑞貞之間一段貼心的談話：她想像文清開始要有一個快樂一點的人生了，自己因而充滿了快樂。這廢人其實出門後第二天就偷偷回來過，要去了愫方手邊的錢，可是，「他向我發誓，他要成一個人，死也不再回來……他要我照護你們，看守他的家、他的字畫、他的鴿子。他說著說著就哭起來……他還像個小孩子，哪像個連兒媳婦都有的人哪！」她憐惜地說，預期這一生不會再見到他了，但準備就這樣守著這昏暗的家，守著他的所愛，以及不愛，因為即使「他所不愛的」，「也還是親近過他的。」就這樣，一輩子。——瑞貞驚悚，「到死？」是的，愫方低著頭，「到——死！」城牆上這時正吹起號角，愫方湧出淚光，「活著不就是這調子麼？我們活著就是這麼一大段又淒涼又甜蜜的日子啊。」

然而，就在愫方說話的時候，瑞貞看見門口的暗影裡已經踽踽走進神色慘淡的文清——他永遠不必爭戰已經失敗，這是最後一擊，瞬間粉碎了愫方所有的夢想。

曹禺是殘忍的，他雖然在感情上抓得住一點古老的溫情和感性，並沒忘了那感性屬於「舊社會的昏暗、腐惡」；即使溫潤忘我如愫方，終究要面對自己的愛情的徒勞可笑的真相。

然而這是三〇年代的曹禺在寫二〇年代的新舊拉鋸和衝擊。像多數的三〇年代作者一樣，年輕的曹禺憤怒、悲觀，急於批判但並指不出方向。愫方終於決定和瑞貞一起離開這個監牢的宅第。文清自殺。被曹禺標舉來代表原始活力——北京猿人的影像，和代表頹敗的傳統——一口年年漆了又漆而最後你爭我奪的棺木，是劇中反覆出現的道具。這些死亡、出走和道具都停留在象徵的意義上，與其說是反映了時代，毋寧更是反映創作了這些象徵場景的作者的迷茫無歸。

隔了一個甲子，一九九三的台北重新成為曹禺年，這一年《原野》、《雷雨》、《北京人》逐一上場。而相對於《原野》和《雷雨》，《北京人》的野心更大，因為對曹禺的批判，還想再批判，對於原作的時空還想加上後設拼貼的前衛處理。台北的感性自然是有異於《北京人》時代的感性了，愫方的出走在今天幾無叛逆象徵可言，北京猿人所代表的原始活力也早不待鼓吹，城樓號角恐怕也不能引發「淒涼又甜蜜」的情感了。然而這種

1980年4月作者任教於印地安那大學時，曹禺(右一)訪美，攝於印大東亞系主任羅郁正教授(前左)宅。

種，正是要在台北重現《北京人》的大挑戰，在《北京人》即將登上台北舞台的前夕，我個人，對這樣的挑戰，不免有著好奇和深切的期待。

（一九九三年九月五日　聯合副刊）

《海鷗》為什麼是喜劇？

契訶夫必曾充分自覺到，他的人物中，有英雄氣質的無英雄氣概，有高貴身分的則沒有悲劇性的內在掙扎，其結果是兩者都非悲劇英雄……

著名的莫斯科藝術劇院這星期要在台北演出他們近百年來的招牌劇，契訶夫(Arton chekhov, 1860-1904)的《海鷗》(*The Seagull*)。

《海鷗》大概要算近代戲劇裡最讓觀眾(讀者)迷惑思索的一齣。莫斯科劇院人馬到了台北，開記者會時，就有還用功的記者問了這樣的問題：「《海鷗》看來是個悲劇，男主角最後自殺身死，為什麼契訶夫自己卻稱它為喜劇？」

劇團的導演葉伏莫夫回答說，悲劇常常出以嘲諷的處理手法，因此也可以作喜劇看。

這不妨視為標準答案。不過，喜劇的意義本來不限於好笑、愉快或嘲諷，廣義的「喜劇」幾乎可以用來指所有的「世相」。莎士比亞的《仲夏夜之夢》裡有一場戲中戲，其中男女主角都自殺殉情，夠悲慘了，但莎翁卻稱之為「最可傷的喜劇（the most lamentable comedy）」，原來可傷之最猶不失其為喜劇！也曾有一位拉丁劇作家自己在臨終前宣告，「喜劇就要落幕了。」灑脫之外，也為喜劇的定義作了旁證。

契訶夫畫像，1898年，Osip Braz繪。

當然我們無法起契訶夫於地下，問他為什麼這樣定義自己的作品，但是，就劇本本身已提供的線索來看，我們不妨假設，契訶夫還謹守著「悲劇英雄」的傳統定義——「悲劇」的主角必須是個英雄人物，他的身分必須高貴，而他的悲劇來自向一個大的逆局挑戰的失敗。就這個定義來說，《霸王別姬》是悲劇，因為項羽合於這樣的要件，〈孔雀東南飛〉便只是個悲哀的故事，不是悲劇。

當然悲劇的定義到當代已經被大大修正了，在亞瑟・米勒(Arthur Miller)的《推銷員之死》也蓋上悲劇的戳記之後，沒有人再能要求悲劇英雄非得「偉大」了。可是契訶夫的時代還早，他的悲劇定義還沒有被修正。《海鷗》的角色裡，有看似光鮮成功的，也有正掙扎想出人頭地的，但沒有一個「偉大」。因為契訶夫看到的是人生的層層顯影，他筆下的成功者也有他們的幼稚、平凡、瑣細，而他的失敗人物又不乏懷抱著美好的夢想、具備了英雄式的掙扎的。契訶夫必曾充分自覺到，他的人物中，有英雄氣質的無英雄氣概，有高貴身分的則沒有悲劇性的內在掙扎，其結果是兩者都非悲劇英雄。

《海鷗》裡的人物各個受著愛情和嫉妒的折磨，強自維持著和平優雅的外表，實則每個人生都千瘡百孔，這當中的嘲諷自然也不無喜劇性。

聖彼得堡契訶夫故居保存的契訶夫書桌(黃碧端攝)*。

但是契訶夫著墨最深的恐怕還在人對藝術境界追求的挫敗。故事的主角，一心要成為作家的特里波列夫，在彷彿已經戴上桂冠的時候仍被自己才具平庸的自覺所苦，終於像他曾無心殺害一隻海鷗一樣，開槍殺了自己。特里波列夫以行動說明了他是自己槍下的海鷗，他所深愛而不曾得到的女子妮娜則曾一再不經意地自比於海鷗。也許，海鷗才真是這個劇的英雄，牠具備了悲劇英雄的「高度」，翱翔在天際，但又像希臘悲劇英雄一樣，不能逃出命運的掌控，只因某日，如另一個劇中人說的，「有人無事可做，便把牠毀了。」

真正的海鷗毀了，象徵性的海鷗，如特里波列夫、如妮娜，也毀了。生命也許終究都是在「無事可做」之中（誰是帶著要做的「事」來投胎的呢？）又非要做點什麼，結果便把那什麼毀了；這樣唐突而又切近世事真相的意念，或者曾讓契訶夫自覺無奈且詼諧，《海鷗》也因此不免於得是個沒有英雄的「喜劇」了。

（一九九四年三月十日　聯合副刊）

＊作為劇作家的契訶夫和音樂家的柴可夫斯基，兩人對彼此都極為推崇仰慕。一八八七年，兩人終於首度會面，一八九〇年契訶夫把他的作品 Gloomy People 題獻給柴可夫斯基，並寫信給柴氏的哥哥 Modest，說自己願意為護衛柴可夫斯基的榮譽，不分晝夜戍守在他屋前。柴氏在一八九三年猝逝，但他的照片顯然一直伴著契訶夫，現在在紀念館契訶夫的書桌上，仍放置著柴可夫斯基的照片。（二〇一三年八月十日補記）

「馴悍」之外

假如戰俘受洗腦苦刑的過程不該成為使我們開懷的喜劇，也許我們終於可以反省一下為什麼凱特琳的故事該成為觀眾開懷的來源了……

最近，果陀劇場在台北演出改編版的莎劇《馴悍記》。果陀是一個年輕而努力的劇團，這場演出，舞台設計和表演都有可觀，博得不少好評。在近來兩性問題的一片探討聲中，這個大約是文學史上最有名的「男性沙文主義劇」也上場得適逢其會。

但是，誰有能力把一齣頭號沙豬劇馴服成文明戲呢？劉雪華雖然初登舞台便演得可圈可點，到底也只詮釋出一個委曲求全的「悍婦」。這個烈性子的富家女在人人逼著她出嫁的形勢下，被一個處心積慮要「馴服」她的丈夫娶走。然後是一連串不准吃、不能睡的肉體折磨和非得指鹿為馬、指日為月的精神苦刑，陪嫁的財產也一文不屬於她，出走無望。眾人眼中的悍婦終於認命成為一個「好女人」。

台版改編版儘管把原著中女主角最後卑躬屈膝的宣示，改成帶有幾分「女性主義」意味的告白，讓周圍雀躍鼓舞的男人知道勝利並非全面，還要「再加點油」，整體來說，只是個軟弱無力的尾巴，「現代」得有限。

但其過主要不在改編者，而是莎士比亞原著的問題太嚴重。（誰有能力把一齣頭號沙豬劇馴服成文明戲！）四百年莎劇史上，不斷有人想從不同的角度替莎翁開脫，包括說，男主角裴圖修（Petruchio）不真的那麼沙豬，他的所作所為，無非是因為他有敏銳的洞察力，知道用什麼策略才能使凱特琳（Katherine）——他的「悍婦」妻子——的「溫柔本性」找回來，到那時候，他自己的「溫柔本性」也就可以回復了；包括說，其實劇中兩個人都因對方而改變，在底層結構裡，裴圖修才是「被馴服者」，云云。

（我也曾聽人說傳統中國社會裡，「女人才是真正主宰者」呢！這種大禮，口惠而實不至，給起來很方便，受者當然也不必感激。）

開脫的必要，是因為到底有人看出這當中性別意識造成的荒謬，但又私心不願意莎士比亞盛名有瑕，於是努力為賢者諱。可是，不管怎麼說，這齣莎劇中格調不高的喜劇（嚴格說是鬧劇）卻是四百年來不斷上演、頗受歡迎的一齣。這說明的是，無數的觀眾都因凱特琳（以及她所代表的性別）的受苦而覺得開懷。把四百年時間放在一起看，《馴悍記》的觀眾自然絕大多數是男性，對當中的意識形態充分認同，至於少數也能進劇場觀劇的女性，在一個父權社會的成長過程中，泰半也是充分洗了腦，對凱特琳的改變很自然是樂觀其成的。

其實，整個《馴悍記》的馴悍過程所用的策略，也正是「洗腦」手段，韓戰越戰中被俘美軍所領教到的共黨洗腦手法，恰恰就是挨餓、不准睡眠（當然也無從逃跑），然後給予密集的疲勞審訊、思想改造、強迫指鹿為馬，一直到，被洗腦者的價值觀整個改變。戰俘營出來的美軍不乏大罵自己的國家、盛讚共產社會主義的美德的，他們跟被裴圖修改造成功的凱特琳並無兩樣。假如戰俘受洗腦苦刑的過程不該成為使我們開懷的喜劇，也許我們終於可以反省一下為什麼凱特琳的故事該成為觀眾開懷的來源了。

（一九九四年四月三日　聯合副刊）

張愛玲的冷眼熱情

寫胡適的張愛玲，收起了她一生慣有的冷眼，在「十萬八千里的時代悲風」裡，她放任自己流一次熱淚（雖然「流不出來」），說是為胡適，也許也因為胡適背後整個時代的重量……

從大約四分之一世紀前水晶「夜訪張愛玲」，歷數那一面之緣的得之不易，和見面時的「諸天震動」之後，張愛玲一步步上升成為一則神話，而同時又「影子似地沉落下去」（〈自己的文章〉）。沉落到四分之一世紀後的有一日，當不得不破門而入的人進門看見她躺在地上，早已安安靜靜離開這個世界，而諸天依然震動——大約，對於張愛玲，每一次認真的謀面，都是要諸天震動的。

在水晶努力要去見張愛玲的時候，她還在柏克萊加大的東亞研究中心工作，如果只為「看見」她，到她必經的路上等著也總見得到。但那也是張愛玲還固定在世人眼前露面的最後階段。不久她就辭去了加大的工作，下一個努力想靠近她的人，用的是搬到她的公寓鄰室，每天翻搜她倒出的垃圾的辦法了。

可是，張愛玲——即使是張愛玲，也似乎並不是自始就離群的。好像是周瘦鵑罷，寫過當年上海這位二十出頭的年輕女作家為自己的文章登門看望他的事——多少是「拜碼頭」的意思，那時的張愛玲，恐怕對許多事都還是熱切的。夏志清教授曾指出過：「在《流言》裡，年輕的張愛玲對人生的一切表示了強烈的好奇，強烈的愛好。」（《張愛玲的小說藝術》序）。事實上，《流言》期的張愛玲，不只是對人生熱切，對自己的私事也不隱諱。我們所知道的她的童年期的種種不尋常和不愉快，差不多都是從《流言》裡的自剖得來的。她用幾分自嘲幾分叛逆的口吻說自己「愛錢」，抓周的時候抓的就是個小金鎊——因為母親特別清高，再困窘都不肯談錢，「我就堅持我是拜金主義者」。她也不諱言父親弄了個繼母，她在那環境裡吃過毒打、禁閉的苦，尤其為揀繼母的舊衣服穿而反感，後來因而成了「衣服狂」。她寫自己的懦弱沒志氣的弟弟。她寫〈自己的文章〉、〈存稿〉，為自己的寫作下註腳。她寫她的姑

姑，「亂世的人，得過且過，沒有真正的家。然而我對於我姑姑的家卻有一種天長地久的感覺。」（〈私語〉）

在後來收入《張看》裡的〈姑姑語錄〉中，她又坦承「她（姑姑）對我們張家的人沒有多少好感——對我比較好些。但也是因為我自動地黏附上來，拿我無可奈何的緣故，」我們，說實話，不大能想像一個會「自動黏附」人的張愛玲。她還一再地寫炎櫻，好些事情都是這個錫蘭和中國混血的女孩陪著一起做的。（《流言》裡收了〈炎櫻語錄〉，常見人引用的張氏警句「每一個蝴蝶都是從前的一朵花的鬼魂，回來尋找它自己。」其實是炎櫻說的。張愛玲特別說她「於俏皮話之外還另有使人吃驚的思想」。）超過一甲子之後，張愛玲在一九九三年出的《對照記》裡，寥寥有數的照片中有七張是炎櫻替她拍的，張愛玲並且有幾分引以為傲地加註，「（炎櫻是）校方指派的學生長，品學兼優外還要人緣好，能服眾。」和她一貫的冷眼看世俗「成績」的語氣大不相同。

張愛玲，1954年攝於香港。

所有這些，當然並不能證明張愛玲本質裡沒有離群厭人的傾向，但絕對說明了她有過熱烈愛著周圍的人、事的階段，而且是不憚於以私事示人的。對照了後來，在長達半個世紀的後半生中，張愛玲對自己生命中的兩件大事——兩度的婚姻，竟無一字提及，不能不說是強烈的對照，且也暗示了她的轉變的關鍵——

張愛玲對第二任丈夫Ferdinand Reyher，在與人談話中還偶曾提及，與第一任丈夫胡蘭成的婚姻關係則我們所知全都來自胡所寫的《今生今世》和胡晚年在台現身後所作的透露。短短的三年婚姻裡，比張愛玲年長十五歲的胡蘭成，在寫作、文化偏好和感情上無疑對她有深遠的影響。而對遍寫過人間怨偶，對女子們的不能掙脫情愛枷鎖有著無人可及的描寫功力的張愛玲來說，如果我們一定要找她對男女情愛有過什麼正面的期待，有過什麼較浪漫主義式的肯定的話，應該是她不止一次引用過的《詩經》裡的句子，「死生契闊，與子成說；執子之手，與子偕老」。這幾行，出現在她的〈自己的文章〉裡，也出現在她最不諷世的愛情故事《半生緣》裡。「執子之手，與子偕老」必是決定接受胡蘭成時，二十三歲的張愛玲內心的期待吧。然而胡蘭成到底才三年就另結新歡，張愛玲見事無可挽回，乘船回上海，給胡的信上說，「獨自一人望著滔滔江水，涕泣甚久」。半年後她寄了一些錢給胡蘭成，結束了兩人的情義，從此，生死契闊，張愛玲不再給胡蘭成任何回應。

不再給胡蘭成任何回應，就張、胡關係的話題來說，她也不再給世人任何回應。張胡分手是一九四七年，大時代的變局已經迫在眉睫。張愛玲對「大時代」有深刻痛切的第一手觀察：那雲母屏風上黯淡下去的前清遺事、日軍砲火裡的上海、城傾之後的香港、淪陷後江山易色的大陸……。張愛玲在一九五二年才逃出大陸，這之後所寫的《秧歌》和《赤地之戀》，歷史見證的意義稍稍多於小說藝術了。但也許是一種歷史感結合了小說家的滄桑意識，使她在一九五〇年代自港赴美後，仍維持著某一種對人的熱切——對歷史人物的熱切。《張看》裡有一篇〈憶胡適之〉。寫成的時間大約是六〇年代末期（張愛玲的作品都不自附寫作時間，堪稱是一個壞習慣）。裡面從一九五四年她人還在香港的時候寄了一冊《秧歌》給胡適寫起。胡適在一九五五年的一月二十五日回了她一封信，對《秧歌》相當稱許，說「仔細讀了兩遍」。這封信，張愛玲說自己「一直鄭重收藏」，並且讓朋友抄存一份。信大概是反覆地一讀再讀，她注意到胡適一處給書名加了引號，另一處卻仍用民初慣用的波狀曲線，覺得「在我看來都是五四那時代的痕跡，『不勝低迴』。」

張愛玲生在一九二〇年，正是「五四運動」發生的次年。胡適這位五四的英雄人物顯然對她而言有著震撼性的份量。她把自己再去信的底稿也鄭重收著，「適之先生：收到您的信，真高興到極點，實在是非常大的榮幸……」那年的年底，張愛玲也去了紐約，炎櫻陪她一起去看胡適，這回她對炎櫻竟不知道胡適的重要性，多少是有一些遺憾的，「我屢次發現外國人不了解現代中國的時候，往往是因為不知道五四運動的影響……只要有……所謂民族回憶這樣的東西，像五四這樣的經驗是忘不了的，無論湮沒多久也還是在思想背景裡。」張愛玲坦承，「跟適之先生談，我確是如對神明。」

後來張愛玲住進簡陋的救世軍女子宿舍，胡適曾去看她一次，寫胡適離開的一段應該編入民國的傳記文學文選，這段文字，我相信也是張愛玲對人世有過的熱切和坦然表白的最後紀錄，值得大段照錄：

我送(他)到大門外，在台階上站著說話。天冷，風大，隔著條街從赫貞江上吹來。適之先生望著街口露出的一角空濛的灰色河面，河上有霧，不知怎麼笑迷迷的老是望著，看怔住了。他圍巾裹得嚴嚴的，脖子縮在半舊的黑大衣裡，厚實的肩背，頭臉相當大，整個凝成一座古銅半身像。我忽然一陣凜然，想著：原來真像人家說的那樣。……我也跟著向河上望過去微笑著，可是彷彿有一陣悲風，隔著十萬八千里從時代的深處吹出來，吹得眼睛都睜不開。那是我最後一次看見適之先生。

這次會面距離張愛玲寫追記的時刻，已經過了十幾年，胡適也在一九六二年已經去世。她自己說是因為想譯《海上花》，想到該是胡適會高興推介的，「這才覺得適之先生不在了。往往一想起來眼睛背後一陣熱，眼淚也流不出來。要不是現在有機會譯這本書，根本也不會寫這篇東西，因為那種愴惶與恐怖太大了，想都不願意朝上面想。」這樣對情緒的直寫，張愛玲曾經給她的小說人物，但不曾用在自己身上過。寫胡適的張愛玲，收起了她一生慣有的冷眼，在「十萬八千里的時代悲風」裡，她放任自己流一次熱淚（雖然「流不出來」），說是為胡適，也許也因為胡適背後整個時代的重量。

而這時，夏志清已經把張愛玲重重地寫進他的英文《中國現代小說史》（*A History of Modern Chinese Fiction*, 1961）裡，許許多多的張迷正從四面八方構建張愛玲神話，而水晶辛辛苦苦謀得的一面是幾年後才要發生的事。然而我們從此不曾再見到一個坦然表白真情的張愛玲。在剩下的近三十年歲月裡，她靜靜地沉落，影子一般。也許，母親的、姑姑的、炎櫻的、胡蘭成的、**Reyher** 的、胡適的以及整個歷史的……記憶都在那影子裡，但是世人已無緣分享。

一九九三年，張愛玲出了舊照的《對照記》，也立了遺囑，要求死後火化，骨灰撒在空曠處，（火化據報導在一九九五年的九月十九日舉行，骨灰將撒到大海裡）。立這樣的遺囑的時候，我總想，張愛玲也許心裡正有十萬八千里的時代悲風吹過，風裡是她的冷眼與熱情。

（一九九五年十月，《聯合文學》「最後的傳奇——張愛玲特輯」）

北大荒訪蕭紅故居

四個人裡面，死於三十一歲的盛年，死前連呼「不甘」的蕭紅也許反而是最幸運的一個。人們記得她的小說，而且給過她三個墓……

呼蘭的蕭紅故居

寫自傳小說《呼蘭河傳》的三〇年代作家蕭紅形容她在呼蘭河畔故宅的後花園：六月來時，蝴蝶蜻蜓齊飛，蟈蟈和蚱蜢到處跳，柿子茄子紅的青的紫的，「溜明湛亮」。「胭粉藍、金荷葉、馬蛇菜都開得像火一般。尤其是馬蛇菜，紅得鮮明晃眼，紅得它隨時要破裂流下紅色汁液來。……」

對照這夏日的後花園，仲冬二月，整個東北大地凍成了冰川堅土。我站在呼蘭蕭紅故居的後花園裡，穿著厚襪子和長靴的腳不要十分鐘就開始凍得僵麻起來，而眼前，那讓蕭紅在坎坷流離的歲月中不斷懷想，變成文字圖景的後花園，只有硬如岩石的泥地和枯梗殘枝。北大荒的冬天，和六月裡蟲飛花開的景致是這樣極度的對比！

到哈爾濱是為了開《紅樓夢》的兩岸研討會，頭兩日我的「節目」過了，第三天有北京來的熟朋友幫忙聯絡到車子，意外地有個機會到更北境的呼蘭去「看」蕭紅。

哈爾濱是相當現代化的大城，呼蘭相對只是農村。從哈城到呼蘭的路上，筆直的白楊和枝椏懸垂的榆樹夾道延伸，當然一概是寒林景象，沒有一片葉子。路上有重型貨運車，有漂亮的進口轎車，有稀哩嘩啦的拼湊車，還有矮壯的小馬拉的載物車，充分顯示出落後農村和新興資本社會交錯過渡的景象。

蕭紅一定不能想像，她的呼蘭到處在蓋新式的樓房；主要街道上具體而微地是其他城市的縮影——最多的店家是食店和卡拉ＯＫ，商業大潮也掩捲到荒寒的北地了。這對固有的農村民情當然是破壞，但我倒寧願相信，蕭紅筆下，不管是《生死場》裡，還是《呼蘭河傳》裡，所反映的封建社會的人際殘酷和愚昧，也同時會在這庸俗和變易不居的商業潮流中一併消除掉。

蕭紅該是呼蘭出過的最為人所知的人物；她的故居同時也是蕭紅紀念館和呼蘭縣的文化館，

呼蘭有以她為名的小學，哈爾濱還有一所蕭紅中學。但蕭紅故居得之於這樣的重要性和商業大潮的好處顯然相當有限。紀念館有一位紫膛臉、講話鏗鏘有力、修辭優美的館長，叫孫延林，這位孫館長自八六年修復蕭紅故居之後，便辛辛苦苦每年到處募款來維持這個館的運作和進一步的復舊，但整體而言，紀念館顯得相當拮据簡陋，募來的錢，恐怕最大的支出是接待每年近十萬的中外訪客。蕭紅和民國同歲，今年若在也不過八十五，但死時卻只有三十一歲。她勇於追求自我，逃婚離家，但後來結識而有同居和婚姻關係的兩個作家蕭軍和端木蕻良，事實上生前都不曾善待她。魯迅曾譽蕭紅為「最有前途的作家」，據說是讓這兩個男人嫉妒她的主因。蕭紅死前留言，「半生盡遭白眼冷遇，身先死，不甘，不甘。」她不會料到，近半個世紀後，她的故居變成文物館，兩個老去的男人都曾來悼念，牆上掛著他們題的字。

我想起小時候看的李麗華和黃河演的《楊乃武與小白菜》，已經龍鍾白髮的楊乃武去到小白菜墓前，荒煙

1996年作者攝於呼蘭蕭紅紀念館，蕭紅塑像前。最右為該館的孫館長。(黃碧端／提供)

蔓草裡，老去的心情，想的是什麼呢？

長長的寒冬季節裡，溫度動不動在攝氏零下三、四十度，你很難想像，呼蘭的西崗公園裡竟有一棵百年的仙人掌。

北地的仙人掌

仙人掌是溫熱帶或沙漠的植物。呼蘭的這棵，在一八九六年被人偶然帶到北地來，養在人家家裡，活了六十年後，才有人在公園裡做了一個小溫室給它。如今這棵仙人掌長得有兩層多樓房高，環圍如大樹，小溫室也只好擴建為能讓它容身的大溫室。極北之地的冬陽，我到的時候，暖暖地照著這棵一百年前不知從哪裡來的仙人掌。

仙人掌於是成了呼蘭的一個遊客訪點，而在同一個公園裡，還有一個訪點，便是蕭紅的墓。

蕭紅該說有三個墓。一九四二年她病歿在香港，朋友們把她草草葬在淺水灣畔——說是草草，也許不怎麼公平，那樣流離困窘的年代，蕭紅遺言要「與長天碧水共處」，葬在淺水灣畔，

1996年1月，圖為作者，攝於呼蘭，蕭紅紀念館。

也算是實行了她的願望。——但是這個墓，沒有土丘、沒有墓碑，只圍了一圈石塊、種了一棵樹聊資辨識。五〇年代，淺水灣變成香港的游泳勝地，蕭紅墓地也成了小販設攤、行人踐踏的所在。一九五七年，在廣州的「作協」和香港文藝界倡議下，淺水灣的蕭紅被遷葬到廣州的銀河公墓——是不是還真找到了她的遺骨，我倒也不曾問。

和廣州隔了六千里路的呼蘭，一九九二年也在西崗公園裡落成了蕭紅墓，紀念這位呼蘭出生的作家。西崗的蕭紅墓，當然，沒有遺骸，甚至連衣冠塚也不是，裡面埋的是她的一綹頭髮——她故世後端木蕻良從她頭上剪下來一直保存著的一綹頭髮。

從蕭紅病歿到西崗的墓落成，整整是五十年。端木和蕭紅的婚姻關係，有各種說法，多數人認為端木對蕭紅「精神虐待」，且干預她的寫作，真相如何，外人難以了解。但是，五十年間歷經動亂，文革時牛棚都下過了，端木能好好保存著這一截遺髮，也算得有心。文革批鬥得猛烈的期間，三個和蕭紅關係密切的男人——她的同居人蕭軍，後來的丈夫端木，和遺言的託付人駱賓基，無巧不巧下到同一個「牛棚」裡，被紅衛兵鬥得死去活來。四個人裡面，死於三十一歲的盛年，死前連呼「不甘」的蕭紅也許反而是最幸運的一個。人們記得她的小說，而且給過她三個墓。

蕭紅的小說不能說有嚴謹的結構，但有著濃烈的史詩風格，質樸、悲涼而沉重。魯迅在一九三五年十一月十四日的夜裡讀完她的《生死場》，給它寫序，說周圍像死一般寂靜，「想起來，英法租界當不是這情形，哈爾濱也不是這情形……我的心現在卻好像古井中水、不生微波，這正是奴隸的心！……與其聽我還在安坐中的牢騷話，不如快看下面的《生死場》，她才會給你們以堅強和掙扎的力氣。」

《生死場》寫的是被日軍占領後的東北農村，寫它蒙昧中的覺醒，愚鈍中的勇氣。那當中的「堅強和掙扎」，差不多反映的正是二十四歲早慧的作者的性情。

而白雪冬陽裡的蕭紅墓和百年的仙人掌並立著，人世多少滄桑過去了，無知覺的草木卻年年抽芽發花。照管仙人掌的人說，照這樣長，很快的，溫室又要擴建了。

也是木猶如此，人何以堪吧。

（一九九六年二月十一、二十五日　聯合副刊）

巴金與「真話」

文革所以自省的聲音少到我們幾乎只聽見巴金，是因為太多人都是實質共犯，不能面對自己。巴金之誠實，也因此，格外可貴與可敬……

上個月(十月)十七日過世的作家巴金，公祭時鮮花如潮水湧到，大陸各省和上海百姓自動到場悼唁達五、六千人。中國大陸幾個大入口網站調查網友，問巴金最大的貢獻是什麼，得到的答案都是他堅持「說真話」。

巴金是三〇年代最風行也最多產的作家。那個時代，年輕的熱血是用來呼喊人道、反抗強權的；生在大地主家庭的巴金，用他的全部熱情批判封建社會的殘酷腐敗，打動了無數青年的心。

共產革命在中國大陸的成功，作家中貢獻最大的兩人，可能該算魯迅和巴金——儘管兩人文風迥然有異，且都算不上共產體制的擁護者，但他們的筆替共產革命打開了知識青年的心卻是事實。

一九三六年即已過世的魯迅，未嘗親見「新社會」一九四九年建立後，半個世紀間天翻地覆的變革和生民塗炭的慘痛。巴金卻是作家中最長壽的一位，過世時高齡已一百零一歲。四〇年代巴金在完成了自傳性的巨構《家》、《春》、《秋》三部曲和《寒夜》時，浪漫狂熱的書寫和革命熱情之外，已開始透露成熟的才華。然而隨著鐵幕深垂，他跟多數作家一樣，寫作生命近於戛然而止。他被迫赴朝鮮寫歌頌韓戰英雄的文字，日後回顧時，自承十七年間（一九四九—一九六六）「沒有寫出一篇使自己滿意的作品」。而隨著一九六六年文革的發動，巴金不僅遭到殘酷批鬥，還失去了摯愛的妻子蕭珊和許多朋友。他後來在文章中說，夜裡有時聽到死去的妻子悲切的哀哭聲，在睡夢裡見到冤死的故友。

巴金，攝於1938年。

文革結束了，血淚的真相一一揭開。然而鮮少人敢於回頭看看自己在這世紀大浩劫中，除了是被害人，還扮演了什麼角色。七十四歲的巴金卻開始勇敢反省。一九七八年底，巴金在香港

《大公報》開闢《隨想錄》專欄，他深情地追憶蕭珊，也無情剖析自己怎樣在那個荒誕的時代「像奴隸似的自我改造」，「由人變成了獸」，「扮演自己憎恨的角色，一步一步走向深淵」。《隨想錄》持續到一九八六年，八年間累計了四十二萬字，傳頌海內外，也震撼了世人。

造成千萬人冤死，數億人受害的文革，單憑「四人幫」就能掮起漫天腥風血雨嗎？文革所以自省的聲音少到我們幾乎只聽見巴金，是因為太多人都是實質共犯，不能面對自己。巴金之誠實，也因此，格外可貴與可敬。

（二〇〇五年十二月　《遠見雜誌》第二三四期）

當代名家·黃碧端作品集1

黃碧端談文學

2013年8月初版 定價：新臺幣260元

著　者 黃碧端
發行人 林載爵

出版者 聯經出版事業股份有限公司
地址 台北市基隆路一段180號4樓
編輯部地址 台北市基隆路一段180號4樓
叢書主編電話 (02)87876242轉224
台北聯經書房：台北市新生南路三段94號
電話：(02)23620308
台中分公司：台中市北區健行路321號1樓
暨門市電話：(04)22371234ext.5
郵政劃撥帳戶第0100559-3號
郵撥電話：(02)23620308
印刷者 世和印製企業有限公司
總經銷 聯合發行股份有限公司
發行所：新北市新店區寶橋路235巷6弄6號2樓
電話：(02)29178022

叢書主編 邱靖絨
校對 吳美滿
版型設計 江宜蔚
封面設計 莊謹銘

行政院新聞局出版事業登記證局版臺業字第0130號

本書如有缺頁，破損，倒裝請寄回台北聯經書房更換。 ISBN 978-957-08-4244-9 (平裝)
聯經網址：www.linkingbooks.com.tw
電子信箱：linking@udngroup.com

全書圖片由作者提供。

國家圖書館出版品預行編目資料

黃碧端談文學/黃碧端著．初版．臺北市．聯經．
2013年8月（民102年）．264面．14.8×21公分
（當代名家·黃碧端作品集1）
ISBN 978-957-08-4244-9（平裝）

1.文學 2.文集

810.7 102014407